スキル『日常動作』は最強です

Skill "nichijoudousa" ha saikyo desu

ゴミスキルとバカにされましたが、実は超万能でした

2

Mei
メイ

Illustration
かれい

フィオナ
気遣い上手な
セレニア王国の
王女。
レイン
レクスの従魔で、
綺麗な青い
毛並みが特徴的な
狼の魔物。
リシャルト
レクスが
入学式で出会った
明るく人懐っこい
少年。
レクス
優しく好奇心旺盛な
“無職”の少年。
役立たずとして家を追われ、
謎スキル『日常動作』
だけを頼りに冒険の
旅に出る。

フィア・ネスラ
王国最強と言われる
ディベルティメント
騎士団の団長。
エレナ
元奴隷の女の子。
内気で言葉数
少なめ。
ミーシャ
魔剣と深い関係が
ある悪戯好きな
幼女。
登場人物紹介
Main Characters

第一章　入学と新たな出会い

ここはセレニア王国の王都に立つお屋敷。

ネスラ家という貴族の屋敷であるこの家に居候《いそうろう》している少年――レクスは、王都の教育機関の一つシルリス学園への入学準備を進めていた。

レクスはふと、これまでのことを振り返る。

十二歳になった時に受ける適性検査で、『見る』や『取る』といった日常的な動作が能力になるという謎のスキル『日常動作』が判明したレクス。意味のわからないスキルだと馬鹿にされ、故郷のクジャ村から追放されることになった。

居場所を求め向かった王都への道中で、魔物に襲われていたサラサラの銀髪に黒い瞳の奴隷《どれい》の少女エレナを助けたり、冒険者登録して早々他の冒険者に襲われ、王国最強の騎士団、ディベルティメント騎士団の団長――フィア・ネスラに助けられ、ネスラ家へ迎えられたり。

「本当に色々ありましたね……」

レクスはしみじみと呟《つぶや》く。

その後も、冒険中に助けた強力な魔物――レインと共に冒険者ギルドで受けた依頼をこなしつつ着実に資金を貯め、シルリス学園の入学試験を受け、無事合格した。

「学園生活……楽しくなるといいね」

隣でレクスの準備を手伝っていたエレナが言った。

「そうですね。不安ですが、友達を作れるよう頑張ります」

レクスはそう呟くと、むんと少し気合いを入れた。

「私も一緒に行きたかった」

「まあ、入学試験受けてないから仕方ないですよね……」

「むぅ……」

エレナが頬《ほお》を膨《ふく》らまるのが印象的に感じたレクスだった。

レクスは苦笑した。

＊＊＊

翌日――今日は待ちに待ったシルリス学園の入学式だ。

「ふう、なんだか緊張しますね……」

シルリス学園の制服に身を包み鞄《かばん》を持ったレクスは、学園の門を見上げながらそう呟いた。入学試験で一度来たことはあるものの、制服を着て改めて足を踏み入れたことで、彼は緊張していた。

「入学式が終わったら早く帰りますか」

今日は入学式とクラス発表で終わる予定だ。本格的な授業は明日から。レクスは、帰ったらエレナと冒険者ギルドに行こうと思っていた。

「さて、第一ホールに行きましょう」

レクスはそう呟くと、入学式が行われる第一ホールへ向かった。


「ここが第一ホールですね……」

入学式の会場に着き、辺りを見回すレクス。第一ホールの中では入学式前とあって、あちらこちらで新入生らしき人達が喋《しゃべ》っている。レクスは適当な席に座り、入学式が始まるのを待った。

「皆様、お静かに」

しばらく待っていると、男性の声が会場に響き渡った。すると、騒がしかった新入生が静かになる。

「では、これよりシルリス学園の入学式を行います。はじめに、ウルハ理事長からお話がございます。ウルハ理事長、よろしくお願いします」

男性がそう言うと、一人の女性が壇上に姿を現した。その女性は入学試験の時に、レクスに魔法の原理について教えてくれた人物――ウルハだった。

「私がこの学園の理事長、ウルハ・オルドバートだ」

ウルハは話し始めた。

「我が校は昨年からより良い生徒を育てるために、入学試験を取り入れた。魔法・剣術などの基礎ができている者をこの学園に入れることで、優れた環境を作れ、生徒達は発展的な技術を学べると考えたからだ……」

ウルハの話は二十分ほど続いた。シルリス学園の特色、シルリス学園で学べること、教師陣の紹介等々。

「それと――今年も六つの学園が競い合う祭典、六学園対抗祭が行われる。一から三年生の中から各部三人ずつ代表が選ばれるので、ぜひとも頑張ってほしい。最後になるが、我が学園で多くのことを学んでいってくれ」

以上だ、とウルハは一礼し、壇上から下りた。その時、レクスはウルハと目が合ったような気がした。

そう考えていると、レクスの前の仲の良さそうな男子二人がひそひそと話し出す。

「いつ見てもかっこいいよな~、あの人は」

「そうですね。凛々《りり》しいですよね、ウルハ様は」

その後も、入学式はしばらく続いた。

「――以上で、入学式を終わります。皆様、学園玄関口前に掲示されております、クラス表をご覧になり、それぞれのクラスに移動してください」

司会の男性がそう言うと、新入生達は一斉に席を立ち、学園玄関口前に向かった。

「さて、どのクラスになるんでしょうか……」

同じクラスの人達と仲良くできるのか。レクスはそんな不安を抱えながらも、一足遅れて学園玄関口前に向かった。

「おわっ、結構人がいますね」

レクスが学園玄関口前に着くと、人だかりができていた。これは少し待ってからクラス表を見た方が良さそうだ。

「お、俺、Aクラスだぁ……！」

「ぼ、僕はCクラス……」

「やったー！　Sクラスよー！」

自分のクラスを見て、歓喜の声を上げる者や落胆する者達。

しばらくして、ようやく人が減ってきた。レクスは人込みを縫《ぬ》うように進み、クラス表の前に出る。

「僕の名前は……あった」

上のSクラスから順に探していくと、すぐに見つかった。

「Sクラスですか」

Sクラスとは、シルリス学園の入学試験でトップクラスの成績を収めた者が集まるクラスだ。しかし、レクスはそんなことなど知らない。それ以前に、彼の頭はクラスにきちんと馴染《なじ》めるかで一杯だった。

レクスは緊張した足取りでSクラスの教室へ向かった。


「ふぅ……」

レクスは教室の前に着くと、胸に手を当て深呼吸した。だが、不安な気持ちは一向に変わらない。

レクスはしばらくして覚悟を決め、Sクラスの教室のドアを開けて中に入った。

「お、おい。あいつが入学試験の時に喧嘩《けんか》を売ったラードを倒したっていう……」

「あの子が⁉　なんか可愛い……」

レクスが教室に入った瞬間、ひそひそと話し声が聞こえてきた。しかし、レクスは内容までは聞き取れない。そのことが余計にレクスを不安にさせる。

「空《あ》いてる席は……」

レクスは周囲を見回し、空席を探す。すると、奥にそれを見つけた。隣にも人がいないしちょうどいい。

レクスは机の横についているフックに鞄をかけ、椅子に座った。ちなみに、鞄の中にはいつも持ち歩いている魔法でなんでも収納できる袋、魔法袋《マジックバッグ》が入っている。

「ふぅ……」

ため息をつくレクス。

(やっと落ち着けます。っていうか、僕、今日ため息ばかりついている気が……)

レクスがそんなことを考えていると、教室のドアが開く音がした。

「おお！　あのお方は！」

「フィオナ様よ！」

「今日もお美しい……」

Sクラスの新入生達は、教室に入ってきた人物――フィオナ・セレニアを見るなり、騒ぎ出した。

フィオナはここセレニア王国の女王、ヴァンナ・セレニアの娘で、次期女王とも言われている人物だ。新入生達が騒ぐのも無理はない。フィオナは皆に向かって軽く手を振った。

レクスはそんな騒々《そうぞう》しさの中、フィオナの方を見もせず、頬杖《ほおづえ》をついてボーッとしていた。

「あなた、ちょっといいかしら？」

いつの間にかレクスの席まで来ていたフィオナが、彼にそう声をかけた。

「……へっ？　ぼ、僕ですか？」

レクスは驚いた表情でフィオナを見る。

「あなたの名前は？」

「レ、レクスです」

「ふぅん……レクス、ね。覚えておくわ」

フィオナはレクスを見定めるような目つきでそう言うと、近くの空いている席に座った。

「くそっ……羨《うらや》ましい……！」

「なんであいつが……！」

レクスは嫉妬《しっと》の目線を浴び、冷や汗をかいた。

それからしばらくして、教室の前の方のドアが開き、教師と思《おぼ》しき人物が入ってきた。

「皆、静かに。これからホームルームを始めるぞ」

教室に入ってきたのはこの学園の理事長、ウルハだった。

「お、おい、まさかウルハ様が担任⁉」

「ウルハ様って確か公爵家《こうしゃくけ》の……⁉」

公爵は国の中でもトップクラスの地位と権力を持っている。だがレクスはそれを知らず、教室のざわめきにも〝公爵家？〟と首を傾《かし》げるばかりだった。

「静かにと言っているだろう」

ウルハがそう言うと、騒がしかった教室内が静かになった。それからウルハはふぅとため息をついた。

「では、早速ホームルームを始めたい」

と話し始めたもののすぐに〝だが〟と言葉を切った。

「その前に、皆に自己紹介をしてもらおう。まだ皆、お互いのことをよく知らないだろうからな。じゃあ、そこの男子から順に」

ウルハが示したのは、彼女から見て一番左側の列――レクスの席と対極の位置にある席だった。ということは、最後に自己紹介するのはレクスだ。

レクスはいきなり自己紹介をしろと言われ、混乱し出した。

(自分の名前と、後は何を言えばいいんでしょうか？　う〜ん……あ、そうだ！　他の人がどういう風に自己紹介するのかを聞いて参考にしましょう)

そう考えついた時には、自己紹介は二列目まで進んでいた。レクスの席は四列目だ。まだまだ余裕はある。

「わ、私は、ヴィヴィ・リーエルです……よろしくお願いします……」

(あんな感じでいいんですね！　自分の名前とよろしくお願いしますと言うだけ。よし、なんとかなりそうです！)

そうこうしている内に、どんどん順番が近づいてくる。

「私は、フィオナ・セレニアです。皆様、どうぞよろしく」

先ほどレクスに話しかけてきたフィオナは制服のスカートをわずかにつまみ、優雅《ゆうが》に一礼した。

その姿にSクラスの新入生達は見とれていた。

自己紹介は進んでいき、ついに四列目。レクスのいるところまで来た。ちゃんと噛《か》まずに自己紹介できるか、クラスにきちんと馴染めるか……レクスは不安で仕方ない。

「次」

ついにレクスの番だ。レクスは立ち上がる。

「……レクスです。よろしくお願いします」

レクスは一礼し、席に座った。

(できました……なんとかできました！　良かったです……)

レクスはふぅと深く息をついた。自己紹介の際、ウルハがレクスをジーッと見つめていたが、レクスは緊張のあまりその視線に気付かなかった。

「……よし、これで全員終わったな。このクラスで三年間過ごしていくことになるから、皆仲良くな」

(三年間同じクラス⁉　ってことは、ここでクラスに上手く馴染めないと大変じゃないですか⁉)

レクスの不安はより一層大きくなった。

その後もウルハからの諸連絡など、ホームルームは続くのだった。

「さて、帰りますか」

ホームルームが終わると、新入生達はぞろぞろとフィオナの席に集まった。一国の王女とお近づきになれる機会などそうそうないので、当然の光景だろう。しかしレクスはそんなことは気にも留めず、フックにかけてあった鞄を取って教室を後にする。

「フィオナ様の得意魔法はなんですか⁉」

「フィオナ様って現在お付き合いされてる方とかいらっしゃるんですか⁉」

教室を出る際、そんな声が聞こえてきたが、レクスは気にしない。というより、あの輪の中に入っていく勇気はレクスにはない。それに、エレナが屋敷でレクスの帰りを待っているのだ。レクスは少しでも早く屋敷に帰りたかった。

(エレナ、今頃何をしてるんでしょうか?)

レクスはエレナのことを思いながら、ネスラ家への家路を急ぐのだった。


「ただいまー」

「「「「「「お帰りなさい、レクス君」」」」」」

ネスラ家の屋敷に戻ると、六人のメイドがレクスを迎えた。ネスラ家に仕えているメイド長シュレムを含めたこの六人は、誰かが帰るたびにいつも全員で迎える。

「今日の入学式はどうでしたか？」

シュレムが一歩前に進み出て尋ねた。

「そうですね、知らない人だらけで凄《すご》く緊張しました」

レクスはしばし考えて答えた。

「そうですか。その内慣れるといいですね」

微笑みながらシュレムがそう言った時――

「レクス……！　お帰りなさい……！」

メイド達の隙間《すきま》からエレナが走り出るのが、レクスの目に映った。メイド達が慌《あわ》てて道を開ける。

「ただいま、エレナ」

エレナはそのままの勢いでレクスに抱きついた。

「わ、ちょっ、エレナ!?」

レクスは慌ててしまい、頬が赤くなった。

(寂《さび》しい思いをさせちゃったんですね……エレナ、ごめんなさい)

レクスは照れつつも、エレナの頭を撫《な》でる。シュレム達は、二人の様子を後ろから見てニマニマと笑っていた。

その後しばらくしてレクスはエレナを離し、彼女に尋ねる。

「エレナ、この後冒険者ギルドに行って依頼を受けませんか？」

エレナは彼の手を握りながら答える。

「うん、いいよ……」

「じゃあ、着替えてきます」

レクスはそう言って、自室に向かった。

着替えたレクスが玄関のドアを開けると、エレナが立っていた。どうやらここで待っていたようだ。

「すみません、お待たせしてしまって」

ちなみに、レクスの服装はクジャ村で生活していた時のと同じ質素なシャツとズボンだ。結局この服装が一番落ち着くのだ。

「ううん、大丈夫」

エレナは首をふるふると横に振った。

「行こ……？」

エレナはそう言って、レクスに手を差し出した。

「ええ、行きましょうか！」

レクスはその手を取り、エレナと共に歩き始めた。

「どの依頼を受けますか？」

冒険者ギルドに着いたレクスは、依頼書が貼《は》り出された掲示板とエレナの顔を交互に見ながら尋ねた。

「これ、受けたい」

エレナが一枚の依頼書を剥《は》がした。レクスも横からそれを見る。

【推奨冒険者ランク】Eランク以上
【依頼内容】回復薬五十本の配達
【報酬】五万四千セルク
【獲得ポイント】二十一ポイント
【場所】王都　バダルス地区の薬店〝ムゥーマ〟

獲得ポイントとは、依頼達成でもらえる点数のようなもの。これを溜めると冒険者ランクを上げることができる。

いつもならエレナは、いろいろな魔法を使いたいと言って魔物を討伐する依頼を受けたがるので、レクスは疑問を感じた。

「討伐《とうばつ》系の依頼じゃなくていいんですか？」

「いいの。試してみたいことができたから……」

「そうですか。わかりました、受付に持っていきましょう」

レクスはそう言うと、エレナの手を引いて受付へ。受付に並んで順番を待っている間、目の前の冒険者の装備が、レクスは気になった。

（そういえば、装備を買ってませんでしたね。依頼を受けるついでに、装備も整えておきましょうか。どんなことがあるかわかりませんし、できるだけ安全を確保したいところです）

そうこう考えている内に、レクス達の順番が回ってきた。

「この依頼を受けたいのですが」

レクスは先ほどエレナが剥がした依頼書を受付嬢に渡す。受付嬢はそれにサインすると、レクスに返し、受付の奥に消えた。しばらくして、五十本の回復薬が入った箱を持って戻ってきた。

「ではこちら、よろしくお願いします」

受付嬢は微笑みながらそう言った。

「あ、すみません。お尋ねしたいのですが、装備を売ってるお店と〝ムゥーマ〟という店の場所を教えてもらえませんでしょうか？」

「ああ、装備でしたら、ここのすぐ隣に〝ファジール〟っていう店がありますよ。〝ムゥーマ〟の場所は……ちょっと待っててください」

受付嬢は白紙に羽根ペンで何かを書き始めた。

「簡単なものですが地図を書きましたので、この通りに行けば〝ムゥーマ〟に着くと思います」

そう言って、受付嬢はレクスにその紙を渡した。

「ありがとうございます！　すみません、手間を取らせてしまい……」

レクスは申し訳なさそうに頭を下げる。

「いえいえ、他にも何かわからないことがありましたら、遠慮なく聞いてください」

受付嬢は微笑んだ。

「はい。エレナ、行きましょうか」

レクスは魔法袋に回復薬の入った箱を入れて、エレナを見る。

「うん……」

小さく頷いたエレナの手を引いて、レクスは冒険者ギルドを後にした。


「ここですね……」

冒険者ギルドの隣にある、〝ファジール〟という看板が出ている建物を見て、レクスは呟いた。

「レクス？　ここに寄るの？」

エレナは首を傾げながら尋ねた。

「ええ、装備を整えたいですからね」

レクスは頷いて答えると、建物のドアを開ける。

「……いらっしゃい」

レクスが中に入ると、カウンターの方から男性の声が聞こえた。その男性は、高い身長に黒髪のショートカット、切れ長の目が印象的だった。

レクスはその男性を見るなり、身体が震えてしまった。エレナも怖いのか、レクスの後ろに隠れてしまう。

(この人……妙に威圧感があるというか、少し怖いです)

レクスはそう思いながら、男性のいるカウンターへ向かう。どうしてもゆっくりになるが。

「あのー……すみません。軽くて丈夫な装備が欲しいのですが……」

「……少し待ってろ」

男性はそう言うと、いろいろな装備が並んでいる棚に行き、にらむように装備を見つめる。それから彼は装備を手に取って首を傾げてみたり、静かに唸《うな》ったりと、真剣に選び始めた。

「エレナも欲しい装備とかありますか？」

「私はいい……」

レクスが尋ねると、エレナは首を横にふるふると振りながら答えた。遠慮しているのだろう。

「エレナ、遠慮せずに言ってください」

レクスは優しい声音で言った。

「いいの……？」

「いいんですよ。エレナの身を守るためですから」

エレナの不安げな声に、レクスはしっかりと答えた。

「じゃあ……ローブと杖が欲しい」

エレナは俯《うつむ》きながら呟くように言った。

その時、店員の男性が戻ってくる。

「待たせたな。これでいいか？」

彼が持っていたのは、茶色のブーツと胸の部分を覆《おお》うプレート、そして上からはおる青いコートだった。

「このブーツは素早さの補正がついている。このコートは斬撃《ざんげき》に少し耐性がある。どうだ？」

男性は茶色いブーツと青いコートのそれぞれをレクスに見せながら簡単に説明した。レクスはそれらを受け取ると、早速試着してみることにした。

（うん、サイズもちょうどいいですし、なんだか足が軽くなった気がします。コートも良さそうですし、これにしますかね）

レクスは店員の男性に言う。

「あ、ありがとうございます。これをいただきます。それと大変申し訳ないのですが、こちらのエレナの装備も選んでもらえないでしょうか？　ローブと杖が欲しいそうです」

「……わかった。少し待ってろ」

男性はそう言って、魔術師系の装備が揃《そろ》っている棚まで行き、再び真剣な顔つきでエレナに合う装備を選び始めた。

なお、エレナの職業は魔導師《ソーサラー》。魔術師系の最高ランクの職業である。

（それにしてもこの店員さん……見た目は怖いですが、優しいんですね）

レクスは装備を真剣に選ぶ店員の男性を見て、そんなことを思った。しばらくすると男性は、先端に緑がかった透明の玉がついた杖と、赤いローブを持ってきた。

「こっちの杖は、魔法の威力を少しばかり底上げしてくれる。こっちのローブは魔法に対する耐性を少し上げてくれる。どうだ？」

エレナは赤いローブを着て、杖を手にして魔力を通してみる。使い心地を確かめているのだ。

「んっ……いい」

エレナはほんの少しだけ笑みを浮かべてそう言った。

レクスは男性に尋ねる。

「この装備、全部でいくらになります？」

「全部で三十万セルククらいだが……今回は二十万セルクにまけてやろう」

（二十万セルクですか……出費は大きいですが、命には代えられませんね）

レクスは二十万セルクを魔法袋から取り出し、カウンターに置いた。

「エレナ、行きましょうか」

レクスとエレナはそれぞれの魔法袋に買ったばかりの装備を入れた。

「……また来るといい」

男性の言葉を背に受け、レクス達はファジールを後にした。

「……レクス。さっき冒険者ギルドで受け取った回復薬の入った箱、出して」

誰もいない裏路地に来たところで、エレナは唐突にそう言った。レクスは言われた通り、魔法袋から回復薬五十本が入った箱を取り出す。

「何をするんですか？」

「それは見てればわかる……」

エレナはそう言うと、詠唱《えいしょう》を開始した。

「我が望む……時空間よ、開け……『万能収納庫《インベントリ》』」

すると、エレナの横にぽっかりと黒い穴が出現した。その穴に回復薬五十本が入った箱が吸い込まれ、穴は閉じていく。

レクスは驚いて尋ねる。

「エ、エレナ、今のは？」

「今のは『万能収納庫《インベントリ》』っていうあらゆる物を収納できる魔法……でも、今の私じゃ二十キロが限界……」

エレナは俯きながら答えた。

「エレナ……それでしたら僕の作った袋が――」

あるじゃないですか、とレクスは言いかけた。レクスが作った魔法袋は特別なもので、ほぼ無限に物を入れることができる。しかし――

「た、試してみたかったの……！　わ、悪い⁉」

エレナは拗《す》ねたような口調で、頬を膨らませて言った。依頼を受ける際に言っていた試したいことは、この魔法だったのだ。

「い、いえ……」

レクスはそんなエレナに押され、戸惑ったように呟いた。

「じゃ、じゃあ、改めてムゥーマに向かいましょうか」

レクスは強引に話を切り替え、エレナの手を引き、受付嬢から渡された地図を頼りにムゥーマへ出発するのだった。


「ここがムゥーマですか……」

レクスは目の前の古ぼけた建物を見て、そう呟いた。

あの後、受付嬢の地図を頼りに五十分ほど王都を歩き、ムゥーマにたどり着いた。途中、人込みに巻き込まれて動けなくなるなど災難もあったが、なんとかここまで来られた。

レクスはギギギと音を立てながらドアを開け、中へ入る。するとカウンターの方に、杖をつき、腰の曲がった老婆《ろうば》がいるのが目に入った。年齢は八十歳くらいだろうか。その後ろの棚には、大量の薬品が置かれている。

「いらっしゃい」

しわがれた声で言う老婆に、レクスは恐る恐る告げる。

「すみません、依頼で回復薬を届けに来たのですが……」

「ああ、依頼ね。じゃあ、こっちに置いておくれ」

老婆は、カウンターの横にある机を示す。

レクスがエレナを見ると、彼女はレクスの意図を汲み取って頷いた。

「我が望む……時空間よ、開け……『万能収納庫《インベントリ》』」

エレナが唱えると、彼女の横にぽっかりと黒い穴が出現し、そこから回復薬五十本が入った箱が出てきた。

「あ、ありがとうねえ……」

老婆は驚いていた。

こうして依頼を終えたレクスは自分達のための薬を購入することにした。

「あ、後、すみません。回復薬と解毒薬《げどくやく》、それと、麻痺薬《まひやく》を二十本ずつもらえませんか？」

「ああ……ちょっと待っておくれ」

老婆は薬品を入れる箱を用意し、そこに回復薬、解毒薬、麻痺薬を二十本ずつ詰め込んだ。

「全部で十万セルクだよ」

レクスは魔法袋から十万セルクを取り出し、カウンターに置いた。

「それから、こちらの依頼書にサインをお願いできますか？」

レクスは老婆に依頼書を見せた。

サインがなければ、依頼達成にならない。依頼が達成できなかった時は、違約金《いやくきん》を払うことになるのだ。

「ああ、すまないねえ」

老婆はすっかり忘れていたようで、申し訳なさそうに言いカウンターで依頼書にサインした。

「ありがとうございます。それじゃあ行きましょう、エレナ」

レクスはそう言いながら、回復薬、解毒薬、麻痺薬が二十本ずつ入った箱を魔法袋に入れた。

そうしてレクスとエレナは、ムゥーマを後にしたのだった。

＊＊＊

翌日――今日はシルリス学園の授業初日だ。

「行ってきます」

「「「「行ってらっしゃいませ、レクス君」」」」

六人のメイド達がレクスを送り出す。

「行ってらっしゃい、レクス……」

エレナは、メイド達と一緒にレクスを見送りに現れたが、その顔は寂しげだった。

「大丈夫ですよ、エレナ。授業が終わったらすぐに戻ってきますから。そしたら今日も冒険者ギルドに依頼を受けに行きましょう」

レクスはエレナを安心させるように抱擁《ほうよう》した。と言っても、はたから見ればエレナの方が身長が少し高いので、レクスが甘えているようにしか見えないが。

そんな二人を見て、メイド達はニマニマしている。

「うん……！」

エレナは嬉しそうに頷いた。

「じゃあ、行ってきますね」

それからレクスはエレナを離すと、シルリス学園へ向かった。


「あら、奇遇ね」

レクスが学園へ向かう途中、一つ結びの金髪で気の強そうな赤い瞳の少女が声をかけてきた。エレナより身長がさらに高い。レクスはその少女に見覚えがあった。

（え～っと、確か昨日僕に話しかけてきた……う～ん、誰でしたっけ？）

レクスは自分のクラスに所属している人達の名前をほとんど覚えていなかった。もちろんフィオナのことも。

「すみません、お名前を聞いても？」

「フィオナよ！　フィ・オ・ナ！　あなた、同じクラスでしょう⁉　昨日だってあなたに話しかけた！　覚えてないの⁉」

フィオナは一気にまくしたてると、ぜーぜーと荒い息を吐いた。

「……ああ、フィオナさんでしたか！　すみません、話しかけられたことは覚えていたんですけど、名前を思い出せなくて」

レクスは申し訳なさそうに言った。

「はぁ……まあいいわ。一緒に学園まで行かない？」

「いいですよ」

レクスは微笑みながら了承した。

レクスとフィオナは一緒に歩き出した。すぐにフィオナが話しかけてくる。

「そういえば、あなたの得意な剣術とかってあるの？　私、こう見えても得意だから、いろんな剣術を知りたいの」

（剣術ですか……そもそも流派を知りませんし、答えようがありませんね。まあ、誤魔化《ごまか》しても仕方ありませんから、正直に答えましょう）

レクスはそこまで考えて口を開く。

「すみません、剣術を習ったことがないのでわからないです」

レクスは申し訳なさそうな表情を浮かべる。彼の言葉を聞いたフィオナは驚いた。魔法学園に入学できるくらいの実力を持っている生徒が剣術を習ったことがないのは、極めて珍しいからだ。

「そ、そう。じゃ、じゃあ、得意な魔法は？」

「……風魔法と水魔法ですね」

本当は『日常動作』スキルのおかげでほぼ全ての属性の魔法を使えるが、黙っておいた方がいいだろう。レクスはそう考え無難に返しておいた。

「そう……」

フィオナもびっくりして咄嗟《とっさ》に聞いただけだったので、それ以上会話が続くことはなく、沈黙が流れる。

そうこうしている内に、学園が見えてきた。

「おお、フィオナ様だ！」

「今日もお美しい……！」

フィオナの姿を見て、校門の周辺の生徒達がざわついた。騒ぎ声は、フィオナが校門に近づくにつれて大きくなっていく。

「――!?」

レクスは背筋に悪寒《おかん》が走ったのを感じた。

(なんか凄い鋭い視線を向けられているような……!?)

レクスは周囲を見回し、そんなことを思った。その感覚はSクラスの教室に入った後もしばらく続いていた。

ウルハによる朝のホームルームが終わり、一時間目。教科は魔法の座学。新入生にとっての初授業となる。

「え～、これから三年間、Sクラスの魔法の座学を担当するコーディ・グウェインっす。よろしく頼むっす」

ボサボサのベビーグリーン――明るく薄い緑色――の髪に眼鏡をかけ白衣を着た若い男性――コーディが、頭をポリポリとかきながら自己紹介した。言い終わるとあくびを一つ。

それを見たSクラスの生徒達は皆思った。

――この先生、やる気あんのか、と。

「じゃあ、早速授業の方を進めていきたいと思うっす。教科書の八ページを開くっす」

コーディにそう言われて、レクスは机上に用意してあった『魔法学』の八ページを開く。

「まず、魔法を使う上で重要な要素の一つ、鍵言語《ルーン》について説明したいと思うっす」

そのページには鍵言語について書かれていた。鍵言語とは魔法を発動する時に唱える呪文のこと。発動する魔法のイメージを鮮明にするための言葉だ。

レクスは既にネスラ家の蔵書室で鍵言語について勉強済みだった。予習しておいて良かったと、レクスは内心安堵《あんど》の息をついた。しかし、それも束《つか》の間《ま》。

「まず、最初に言っておくっすけど、鍵言語には公式があるっす。それを頭に入れておいてほしいっす」

（……え？）

レクスはコーディの言葉を聞いた瞬間、間抜けな声を漏《も》らしそうになったが、なんとか堪《こら》えた。

ここでそんなことをしたら、皆から一斉に見られ、注目の的《まと》となってしまう。それは避けたいと考えたのだ。

「じゃあ、そもそも鍵言語とは何か説明していきたいと思うっす――」

それ以降の内容はレクスの頭には入ってこなかった。というより、考え事をしていてボーッとしていた。

鍵言語はあくまで想像力を補うための、いわば補助の役割を果たすものであって、公式などはないはず。レクスが読んだ本にはそう書いてあった。

（……となると、あの本は一体？）

あの本――ネスラ家の屋敷に置いてあった本と、この教科書は大きく内容が違っている。

レクスの頭はこんがらかってしまうのだった。

終了のチャイムが鳴り、授業の終わりを告げた。

「さて、初日の授業としてはこんなもんすっね」

コーディはそう呟くと、教科書を閉じて、それを持ってSクラスの教室から出ていった。

生徒達は立ち上がり、仲のいい者同士で喋り始める。フィオナのもとにも多くの生徒達が集まり、授業の感想や次の授業についての話で盛り上がっている。

「はっ……もう授業は終わってたんですね」

レクスは教室がざわつき始めたことで、ようやく魔法の座学の授業が終わっていたことに気付いた。

次の授業は魔法の実践。入学試験の時に使った演習場で行うことになっている。

(魔法の実践ですか。皆さん、相当魔法を使えるんでしょうね……)

レクスは周囲にいる生徒達を見回し、はぁとため息をついた。その顔は不安げだ。

しばらくすると、生徒達が皆、演習場に向かうために教室を出始めた。

レクスもそれにならって席を立つと――

「ねえ、レクス。一緒に演習場まで行かない?」

フィオナが話しかけてきた。

「いいですよ」

レクスは頷き、了承した。

(それにしても、なぜフィオナさんは僕にばかり構うのでしょうか?)

皆から様をつけられて慕《した》われているのに、わざわざ自分に構う理由が、レクスにはわからなかった。

（まあ、考えてもわかりませんし、聞くのは無粋《ぶすい》ですね）

レクスはフィオナと共に演習場へ向かおうとする。

「ちょっと待って」

そこへ、後ろから聞き覚えのある声がした――


「さっきの魔法の授業どうだった？」

その後、演習場に向かっていると、フィオナはレクスにそう尋ねた。

「そうですね……鍵言語についてより深く知ることができたので、良かったと思います」

レクスの返答はなんとも曖昧《あいまい》なものだった。そもそも途中から授業そっちのけで考え事をしていたため、内容などほとんど頭に入っていなかったのだ。

「レクス……あなた、授業聞いてなかったでしょう？」

レクスが気まずそうな表情をしていたので、フィオナにばれてしまう。

「あはははは……」

レクスは苦笑いで誤魔化す。

「ったく……初日からそんなので大丈夫なの？」

呆《あき》れた様子でため息をつくフィオナは首を横に振る。

「それにしても、レクスに知り合いがいたなんて。ちょっとびっくりしたわ」

「そ、その言い方は酷くないですか？」

「冗談よ、冗談」

ふふっと笑いながらフィオナは言った。そして、レクスの横にいる先ほど話しかけてきた少年を見た。藍色《あいいろ》がかった髪に黒の瞳の人懐《ひとなつ》っこそうな少年——リシャルトだ。

「知り合いっていうか、入学試験の日に話しかけただけなんだけどね。レクスは俺のこと、忘れてたっぽいし。昨日自己紹介もしたんだけど」

「あはは……」

レクスはまたもや誤魔化すように笑う。

このリシャルトという少年は、入学試験後にレクスの魔法を褒《ほ》めちぎっていた。その際、レクスは彼のことをなんとなく苦手だなと思ったのだが、その理由は本人もよくわからない。

「っていうか、同じクラスだったなら昨日話しかけてくれれば良かったじゃないですか」

レクスは頬を膨らませてそう言った。

リシャルトが答える。

「……昨日はちょっと忙しくてね」

「そうですか」

何気ない会話をしつつ、レクス達は演習場へ向かった。

レクス達が演習場に着くと、思ったよりも多くの人がいた。人数が多いのでSクラス以外の生徒もいるようだ。フィオナの姿に気付いた生徒達は——

「フィオナ様よ！」

「ああ、今日も見目麗《みめうるわ》しい……」

などなど、憧憬《しょうけい》の眼差しでフィオナを見つめる。レクスには相変わらず嫉妬の目が向けられていた。

生徒達がざわざわしている中、フィオナに向かって二人の少女が歩いてくる。

「よ、フィオナ」

フィオナに笑顔で手を振り、挨拶してきたのは、二人の少女の内の一人。茶髪のショートカットに少しつり上がった目、瞳の色は朱色だ。とてもボーイッシュな女の子である。

「あら、キャロルにルリ。あなた達も魔法の実践？」

「うん……」

フィオナの言葉に頷き答えたのは、ルリと呼ばれたもう一人の少女。真っ白な髪のショートボブにおっとりとした薄水色《うすみずいろ》の瞳をしている。

「お前も大変だよなー」

茶髪の少女――キャロルが、フィオナに視線を向ける。周囲を見回しながらそう言った。

「うん。フィオナ、大変そう」

ルリが同意して頷いた。

フィオナはため息をつく。

「まあね……」

「ところで、フィオナ。そっちの子達は？」

キャロルはレクスの方を見ながら尋ねた。

「こっちの小さい子がレクスで、もう一人はリシャルトっていうの。まだ知り合ったばかりだけど」

「レクスにリシャルトね。オッケー、私はキャロル・ベネットよ」

「私はルリ・クルーガー。よろしく」

キャロルがレクスに向かって手を差し出して握手を求める。レクスはおずおずとその手を握った。

キャロルとルリ、フィオナは小さい頃からの幼馴染みであり、フィオナにとっては二人は、身分を気にせず気さくに話すことができる数少ない親友だった。

「レクスです。こちらこそよろしくお願いします」

「俺はリシャルト。よろしく～」

レクスとリシャルトは初対面のキャロルとルリに挨拶を返した。レクスは深々と一礼し、リシャルトは軽く会釈《えしゃく》した。

「はーい、授業を始めるのです。皆集まってなのです」

そうこうしている内に、魔法の実践担当の先生が手を叩きながらやって来た。

生徒達はその指示に従い、先生のもとへ集まる。その先生は、レクスより一回り身長が小さい女性だった。

「私がこれから三年間、Sクラス、Aクラスの魔法の実践を担当させてもらう、ララ・オルティスなのです。よろしくなのです」

ララはそう言うと、両手で杖を持ちながらペコリと頭を下げた。

(SクラスとAクラス合同での授業なんですね)

レクスがそう考えているとララは続ける。

「さて、挨拶はこのくらいで……では、早速魔法の実践に移りたいと思うのです」

ララは軽く咳払《せきばら》いして、場を仕切り直した。

「我が願うは無なり……集まりて形を成せ……『生成《フォーム》』」

ララが詠唱すると、ララの魔力が集結し、少し離れた場所に複数の的が形成された。それらは規則正しく並んでおらず、動き回っている。

「皆さんにはこれらの的を魔法で撃ち抜いてもらうのです。一人三回撃って全員終わったら、先生に言いに来るのです」

ララはそう言いながら、あちこちに動く的を形成し続ける。

「四、五人のグループを作って早速開始するのです」

その後、生徒達はそれぞれ仲の良い者同士でグループを作っていった。レクスも早速誰かと組もうと思っていると――

「レクス。リシャルトも組みましょう」

隣にいたフィオナがそう提案してきた。フィオナのすぐ近くには先ほど知り合ったキャロルとルリがいる。

「い、いいんですか？」

レクスは驚いたような表情で尋ねた。

「もちろん大歓迎だ」

「うん……」

キャロルとルリが頷いて答える。

「ありがとうございます！」

レクスがお礼を言いながら頭を下げると、リシャルトまで礼を言う。

「ありがと～」

「リシャルトには言ってないんだけど……」

キャロルが呆れたように言った。だが、リシャルトはどこ吹く風だ。

「細かいことは気にしない」

「なんかやりづらいやつだな……」

キャロルもレクス同様、なんとなくリシャルトが苦手なようだ。

いずれにせよ、レクスはあぶれずに済んだ。

「大袈裟《おおげさ》ね、レクスは。リシャルトくらい軽くていいのよ？」

安堵した様子のレクスを見て、フィオナはそう言いながらクスッと笑った。初めて自分達以外に気さくに話せる友人ができたフィオナを、微笑ましそうに見守るキャロルとルリ。

「さあ、行きましょうか」

フィオナの号令で、五人は他のグループがいない、動く的がある場所へ向かった。


「まずは誰から行く？」

フィオナは四人に尋ねた。

「私から行かせてもらおう」

最初に名乗りをあげたのはキャロルだった。キャロルは、所定の位置に立つと、早速詠唱を開始する。

「我が願うは火なり……結集し、敵を穿《うが》つ鋭さを……『炎針《フレイムスピア》』！」

炎の魔力が空中で集まり、複数の針を形成した。それらは動く的に向かって飛んでいく。

しかし——

「撃ち抜けたのはたったの三枚か……」

的は全部で二十枚ある。それらを全て射貫《いぬ》くには、集中力と魔法を制御する力が必要だ。そう簡単にできるものではない。

その後もキャロルは二回同じ魔法を放つが——

「あ～八枚かぁ。もう少しいけるかと思ったんだけどなぁ」

悔しそうな表情で呻《うめ》くキャロル。結果は八枚で、的は半分以上残ってしまった。

「次は私が行く……」

ルリはそう言うと、所定の位置に着いて詠唱を開始する。

「我が願うは水なり……その鋭き穂をもって、敵を討《う》て……『水槍《アクアシュペーア》』」

ルリは複数の水の槍を形成して、動く的に放った。二回目、三回目と続けて同じ魔法を発動していく。

「ふぅ……十二枚。もうちょっといきたかった」

残念そうに肩を落とすルリに、キャロルが声をかける。

「いやいや、ルリ、凄いよ。私、八枚だから」

「……勝った」

ふんす、と鼻息を鳴らし、悔しそうな表情から一転、勝ち誇った表情を見せるルリ。

「こんのぉ～！　ルリィ～！」

ルリの頭を軽くグリグリするキャロル。二人を見て、なんだか楽しそうだとレクスは思った。

「さてと。次は私ね」

そんな二人を横目にフィオナはそう呟きながら、所定の位置に着いた。

「我が願うは光なり……鋭き刃をもって敵を穿て……『光刃《フラッシュブレイド》』！」

すると――

「……え？」

レクスはその光景に目を見開いた。

なんと魔法は発動せず、動く的は一個も撃ち抜かれなかったのだ。

ふざけ合っていたキャロルとルリの二人はあちゃ～、と言わんばかりに頭を抱えている。フィオナは顔を真っ赤にしていた。

「レクス、実はな、フィオナは魔法がほとんど使えないんだ」

キャロルは不思議そうにするレクスにそう説明すると、フィオナに歩み寄り、慰《なぐさ》めるようにポンと肩を叩いた。

その後の二回目、三回目とも、魔法は全て不発。フィオナの結果はゼロ枚だった。

「うう……やっぱりダメだった……」

フィオナはかなり悔しいらしく、肩を落としていた。そんなフィオナをキャロルとルリで慰めている。

「次は僕ですね……」

レクスは所定の位置に着く。

（二十枚の的を撃ち抜くには、魔力消費の少ない、スキルとして持ってる『水魔法』か『風魔法』がいいですね……）

魔法には、詠唱して発動するタイプとスキルとして獲得しているタイプの二種類がある。レクスが使えるスキルの魔法は詠唱タイプよりも魔力消費が少なく、かつ威力が高いという特徴を持つ。

また魔法には下級、中級、上級とランクがあり、威力や命中率などが変わってくる。

レクスは悩んだ末に、中級魔法まで持っている『風魔法』に決めた。

「『風刃《ウィンドブレイド》』！」

レクスは自分の眼前に二十個ちょうど、風属性の刃を生み出した。それらは、二十枚の動く的に的確に向かっていく。そして――

「一枚だけ残ってしまいましたね……」

レクスは肩を落とし、ため息をついた。その後残りの一枚を同じ魔法で射貫き、フィニッシュ。

「「「……」」」

二回魔法を撃って二十枚全て撃ち抜いた。

「おお」

フィオナ、キャロル、ルリはその光景に絶句していた。

詠唱なし――つまりスキルで魔法を放ったのも驚きだが、魔法の制御力も尋常ではない。上級職〝魔術師《メイジ》〟のルリでさえ十二枚。十二枚でも優秀なのだ。それをレクスは、たった二回魔法を放っただけで、二十枚全てを撃ち抜いてみせた。

なお、リシャルトは大して驚いた風ではなかったが、それは入学試験の日にレクスの魔法を見たからだった。

「……？　皆さん、どうしたのですか？」

レクスは三人の内心など知らず、口をぽかんと開けて固まっている三人に声をかけ、首を傾げる。

「……レクス。す、凄いじゃん！」

「うん、凄いよ」

キャロルとルリがしばらくして立ち直り、そう言った。少し間を置いて、リシャルトはあっけらかんと言う。

「やっぱり凄いね、レクスは」

「いえいえ、自分なんてまだまだですよ」

レクスは首を横に振りながら答えた。だが、その表情はどこか悲しげだった。

（僕は村を追われるような落ちこぼれですからね。僕より凄い人なんてそれこそ掃《は》いて捨てるほどいるに違いないです）

「「……」」

レクスの悲しそうな表情から謙遜して言っているわけではないと理解し、キャロルとルリは再び沈黙する。

ちなみにフィオナはショックからまだ回復していない。

「最後は俺だね」

リシャルトの飄々《ひょうひょう》とした声が沈黙を破った。

「あの魔法の後だと気後《きおく》れするなー。魔法はあまり得意じゃないし」

彼の言葉に、仲間を見つけたような目をするフィオナ。

リシャルトは所定の位置に着くと、詠唱を始める。

「我が願うは闇《やみ》なり……集まりて敵を打ち砕け。『闇玉《ダークボール》』」

一回目で二枚を射貫き、二回目、三回目は共に一枚ずつ射貫いた。リシャルトはしっかりと魔法を発動していた。

フィオナは泣きそうな目でリシャルトを見る。

「うう、裏切り者」

「いや、得意じゃないって言っただけで別に使えないわけじゃないからね？」

「先生、五人全員終わりました」

その後、ララのもとに戻り、立ち直ったフィオナが報告した。

「わかりましたです。それで、二十枚全て撃ち抜けた人はいるです？」

ララがそう問うと、フィオナが答える。

「ここにいるレクスが二十枚撃ち抜きました」

「……ほぇ？」

ララは自分の耳を疑った。動く的を二十枚射貫く。それは、上級生の中でもごく一部の者しか達成していない、難度の高いもの。ましてや、入学してきたばかりの生徒が到底達成できるものではない。

「そ、それは、本当なのです？」

さらに問うが、フィオナは平然と頷く。

「ええ、本当です」

（ぬ、ぬぅ……私自らが見極める必要があるかもなのです……）

ララはレクスを見据えながらそう思うと、レクスに顔を向ける。

「あなた、レクスと言ったです？」

「はい、そうです」

「……ならば、私があなたの実力、見定めるのです！」

レクスを指差しそう宣言したララは、詠唱を始める。

「我が願うは無なり……集まりて形を成せ……『生成《フォーム》』」

すると、先ほどと同じように遠方に一つの小さな的が出現した。その的は、レクスの肉眼で辛《かろ》うじて見えるくらいの大きさで、動き回っている。

「レクス。あの的を射貫いてみるです」

ララは動く小さな的を指差して言った。

「わかりました」

レクスは頷いて答えた。他の生徒達は既に演習を終えており、レクスの方に注目していた。

（うぅ……なんだか物凄く緊張します……）

生徒達が注目していることを感じ、レクスは冷や汗をかいていた。鼓動《こどう》が段々と速くなる。

「――『風槍《ウィンドシュペーア》』！」

レクスが魔法を発動すると、一本の風属性の槍が形成された。それは、動く小さな的に向かって的確に飛んでいき――

「かすっただけですか」

動く小さな的は端っこの方が割れたが、撃ち抜くにはいたらなかった。レクスは内心ため息をつく。

「お、おい、後少しで射貫けそうだったぞ、あの的」

「俺じゃかすりもしねえよ」

「あの子、凄いね……」

生徒達は皆その光景に驚いていたが、レクスは皆がひそひそと話し合っている様子を見て馬鹿にされていると思い、さらに落胆する。

「レクス。あなた、凄いです。新入生にもかかわらず、これほど魔法を制御できるとは……」

「……え？」

てっきりダメ出しされるかと思ったレクスは、ララに褒められたことに驚いた。しばらくレクスがぽかんとしていると――

キーン、コーン、カーン、コーン……

「では、今日の授業はここまでなのです。明日はこの続きからやるので、よろしくなのです」

ララはそう言って、演習場から去っていったのだった。

＊＊＊

「あのレクスって子……とんでもないです」

職員室に向かう途中でララは呟いた。今まで見てきた生徒達の中でずば抜けた魔法の制御力を持っている。新入生で二十枚の動く的を射貫いたなんて子はいなかった。それに、魔法の精密さ……漏れる魔力量が極めて少ない。センスがいい。

「ふふふ、楽しみなのです」

ララは一人で笑ったのだった。

＊＊＊

「レクス。凄いじゃない！　あんなに魔法が使えるなんて！」

レクスとフィオナがAクラスのキャロルとルリと別れてSクラスの教室に戻る途中、フィオナはレクスを称賛した。

「い、いえ、僕なんてまだまだですって……」

レクスは首を横に振る。自分より優秀な者はいくらでもいると思い込んでいるのだ。

「そんなことないわよ！　あれほど魔法を制御できてるんだから」

フィオナは笑顔でそう言った後、急に真面目な顔つきになり、何かを考え始めた。

その後しばらく沈黙が続き、やがてフィオナは〝そうだわ！〟と顔を上げる。

「レクス、私に魔法を教えてくれないかしら？　放課後、少しの時間だけで良いから！」

フィオナはレクスに顔をズイッと近づけてお願いした。

「ち、近いですって、フィオナさん」

「あ、ああ……ごめんなさいね」

フィオナは申し訳なさそうに謝り、すぐさまレクスから離れた。その顔はわずかに赤かった。

(う～ん、教えるのは別にいいんですけど、僕の魔法はどんな本にも書かれてない方法で発動してるんですよね……)

レクスはそう考え、そのまま正直に伝えることにした。

「フィオナさん。僕のやり方は少し独特かもしれませんよ？　何せ、教科書とは全く違う方法ですから……」

「それでもいいわ！　お願いっ!!」

フィオナは頭を下げた。仮にも女王の娘なのだから、軽々しく頭を下げるのは良くない。しかし、フィオナは魔法が上手くなりたくて必死だった。

レクスは頷いて答える。

「わかりました。僕で良ければ」

「……っ。ありがとう！」

フィオナはレクスの手を握りながら礼を言った。

こうして、レクスは放課後にフィオナに魔法を教えることになったのだった。

「じゃあ、本日はここまでね～。お疲れ様でした～」

剣術の座学担当の女教師――ジゼル・ウォーカーはそう言うと、教科書を持って、教室を出ていった。生徒達は立ち上がり、各々仲の良い者同士で話し始める。入学してから一日しか経っていないのに、まるで慣例のようにフィオナのもとにはたくさんの男女が集まるようになっていた。

しばらくすると生徒達は一人ずつ離れていき、フィオナはやっと解放された……とため息をつきながら、レクスのもとへ歩み寄る。

「フィオナさん、大変ですねぇ……」

レクスは苦笑いしつつ声をかけた。

「ええ……もう、授業が終わるごとに私の周りに集まるのはやめてほしいわ……」

フィオナはうんざりだと言わんばかりの表情で、額《ひたい》に手を当てて再度ため息をつく。

「ところでレクス。さっきの授業でやったコルツワート流って知ってた？」

「いえ、僕、流派を全く知らないんで……」

「そういえばそうだったわね。うっかりしてたわ」

フィオナは苦笑しながら言った。

「次の授業はなんでしたっけ？」

「次は槍術《そうじゅつ》の座学よ」

「槍術ですか。剣術同様全く知らないですし、よく授業を聞いて覚えなきゃですね」

レクスがそう呟くと、チャイムが鳴る。

「じゃあ、また後でね」

フィオナはレクスに手を振り、急いで自分の席に戻っていった。

（ふぅ……僕の知らないことばかりで、毎回授業が新鮮です。世の中って広いんですねぇ）

レクスはしみじみとそんなことを思いながら、槍術の担当の先生が来るのを待つのだった。


そして槍術の授業が終わり、昼食の時間になった。

「ふぅ～やっと昼食の時間ですね……」

レクスが深く息を吐きながら伸びをしていると、そこにちょうどフィオナがやって来た。

「レクス、一緒に昼食をとらない？」

「良いですよ」

レクスは頷き、承諾した。

「じゃあ、一階のラウンジに行きましょ」

「はい。あ、ちょっと待ってください。リシャルトさんも誘っていいですか？」

「いいわよ」

フィオナが了承すると、レクスはリシャルトを昼食に誘い、三人でラウンジへ向かう。

その際、Ｓクラスの男子のみならず、そこら中の男子の嫉妬と羨望《せんぼう》の目線が、レクスに突き刺さった。

「よ、フィオナ、それにレクスとリシャルト」

「魔法の実践の授業ぶりだね……」

三人がラウンジに着くと、既に席にはキャロルとルリがいた。どうやらフィオナは彼女達と一緒に昼食を食べる約束をしていたようだ。

レクスはキャロルとルリの間、フィオナとリシャルトはレクス達の向かい側の席に腰を下ろし、五人ともそれぞれが持ってきた弁当箱を取り出し、机に置いた。ちなみにレクスの弁当はメイド達に作ってもらった物で、レクスの要望に応じた料理が詰まっている。

「さ、早く食べようぜー。もう腹が減って仕方がないんだよ」

キャロルは自分の弁当箱を開けて、早速食べ始めた。四人もそれを見て、自分の弁当箱を開け料理に手をつける。

「フィオナの弁当は肉だらけか～。野菜も食べなよ。太るよ」

フィオナの弁当を見て、リシャルトがケラケラと笑いながらからかった。

「う、うっさいわね！　野菜だって入ってるでしょ！」

フィオナは、端っこの方にちょこんと盛ってあるマタイケの葉を、箸《はし》でちょんちょんしながらそう言った。マタイケは高級な葉物野菜だ。

「少しだけじゃん」

リシャルトは依然として笑っている。フィオナはリシャルトに反論しようとするが、リシャルトは彼女を無視してルリの弁当に視線をやった。

「ルリは少食だな〜。足りるの？」

「うん……キャロルやフィオナみたいにいっぱい食べられないから……」

ルリはこくこくと小さく頷いて答えた。リシャルトは、横から聞こえる〝ねえ、ちょっと！　聞いてるの！〟というフィオナの声を華麗《かれい》にスルーし、今度はキャロルの弁当に視線を移した。

「キャロルの弁当は肉少なめって感じか。もっと肉食った方がいいよ」

「ちょっと宗教上の理由があるんだが……」

「そ、そうだったのか……それはごめん、余計なお世話だったね」

「まあ、冗談だけど」

「冗談⁉　なんだ……」

呆れたようにキャロルを見るリシャルト。彼は続いてレクスの弁当に目をやった。

「レクスの弁当は、なんかバランス良さそうだな」

レクスの弁当箱には、白米と大型の牛の魔物であるバッファーの肉とマタイケの葉と他の野菜を詰め込み、もう一つの水筒のような容器の中にはスープが入っていた。

そのスープはレクスのお気に入りであり、昼食を作ってもらう時に、真っ先に作ってほしいとお願いしたものだ。

リシャルトがレクスの弁当に感心していると——

「っていうか、あなたはヤキソバパンじゃないの！」

フィオナはリシャルトが持っているヤキソバパンを指差した。

「その肉だらけの弁当よりはましだよ」

「なんですって〜！」

「お、やるか？」

いがみ合う二人。ルリとキャロルはそんな二人を微笑ましそうな目で見ていたが、ただ一人、レクスだけはあわあわとしていた。

こうして、学園での昼食の時間は騒がしくも楽しく過ぎていった。


「では、本日の授業はここまでとする。各自、今日やった内容をしっかりと覚えるように」

昼食後、今日の最後の授業である魔物の座学を担当する女教師——シルビア・ウェルクロスはそう言うと、教科書を閉じてSクラスの教室を出ていった。

生徒達はそれを見て席を立ち、各々自由に過ごし始める。

「フィオナ様！　先ほどの授業、どうでしたか⁉」

「フィオナ様！　魔物と戦ったことはあるんですか⁉」

授業が終わった後のフィオナは相変わらず、Sクラスの生徒達から質問攻めに遭《あ》っている。フィオナは笑顔で質問に答えているが、内心では深いため息をついていた。

生徒達がフィオナとの会話に満足し去っていくと、フィオナはレクスのもとへ駆け寄る。

「レクス、一緒に帰りましょ？　あの二人も校門前で待ってるから」

「わかりました。いいですよ」

フィオナの言葉にレクスは頷き、リシャルトも誘おうと周囲を見回したが、既にいなかった。レクスは荷物を纏《まと》めて鞄を持つと、フィオナと共に校門前に向かった。


校門前に着くと、キャロルとルリが既に待っていた。

「遅いぞ……ってあれ、てっきりリシャルトも来るもんかと思ってたけど」

「彼なら教室にはいなかったわ。もう帰ったみたい」

フィオナはキャロルに答えた。

「そっか……んで、その手に持ってる物は？」

キャロルに指摘され、フィオナは咄嗟に隠したが、キャロルはすぐにそれを素早い動きで取り上げる。

「あ、ちょっ……!!」

「これは……クリームパン？」

キャロルはそう呟くと、笑みを深めて告げる。

「お前、さては購買に行ったな？」

「うぅ、し、仕方ないでしょう！　お腹減ってたし……」

「じゃあ、後で私とルリに一口ずつな？　私達を待たせた罰《ばつ》だ」

キャロルはそう言ってフィオナに詰め寄った。フィオナは最初〝これは私が買ってきたパンなんだからダメ！〟と拒否していたが、キャロルの圧力によって渋々承諾した。

「じゃあ、帰ろうぜ！」

キャロルは明るく笑いながら三人を促す。

ルリとレクスは快く頷くが、フィオナは釈然としない様子。そんなフィオナに、レクスは声をかける。

「フィオナさん、クリームパンは残念ですが、とりあえず行きましょう」

「そうね、帰りましょうか……」

フィオナはそう言うと、ようやく三人と一緒に歩き出した。

「ねえ、ほんっとうに一口だけよ？」

帰り道、フィオナは未開封のクリームパンをキャロルに渡しつつ言った。

「わかった、わかった」

キャロルは頷きながら、フィオナから未開封のクリームパンを受け取る。

「それじゃ、いっただきま～す」

キャロルは大きく口を開けて、そのパンを頬張った。フィオナは〝あ～!!　ちょっと!!〟と声を上げる。

「ん？　ちゃんと一口しか食べてないだろ？」

「確かに一口だけどっ……！　食べすぎよ!!　ああ……私のクリームパンが……」

フィオナの悲痛な声が響く。

「ほら、ルリ」

キャロルはルリに半分ほど残ったクリームパンを渡した。

「わ、私はいいいよ。レクス、食べる？」

「い、いいえ。僕も大丈夫です……」

地面に崩れ落ちて膝をついているフィオナを見て、ルリとレクスは遠慮した。ルリは半分ほど残ったクリームパンをフィオナに返す。

フィオナは半分になったクリームパンを頬張り、じと目でキャロルを見た。

「うぅ……！　キャロル……あなた、覚えときなさいよ……！」

「はいはい、覚えとくよ」

キャロルはケラケラと笑って受け流した。レクスとルリは苦笑する。

騒がしくしながらも、四人は家路につくのだった。

第二章　不穏な気配と魔剣

レクスがシルリス学園に入学して、二ヶ月が過ぎた。レクスもすっかり学園に慣れ、フィオナ、キャロル、ルリ、リシャルトとは気兼ねなく話せるようになっていた。

放課後、レクスがフィオナに魔法を教えるのが日課となり、この短い期間でフィオナは全属性の中級魔法まで使えるようになった。ちなみに、フィオナがレクスに教わっているのを聞いたリシャルトも途中から加わるようになり、レクス達は共に放課後の練習に励《はげ》んでいたのだった。

なお、二ヶ月後に六学園対抗祭の予選が控《ひか》えている。学園中がその話題で持ちきりだった。

「エレナ、どの依頼を受けますか？」

現在、レクスはエレナと冒険者ギルドに来ており、依頼を物色している。エレナは冒険者ランクがEランクからDランクに上がり、ついにレクスと同じランクになっていた。

「これにする……」

エレナがそう言って、一枚の依頼書を剥がす。その内容は……

「睡眠草二十本以上の採集……ですか」

場所はユビネス大森林帯。報酬は十四万二千セルク。

（今日は一体何を試すんでしょうか……？）

エレナは依頼の度にいろいろな魔法を試すのだ。最近は魔物討伐系の依頼だったのだが、今日は採集系の依頼らしい。

「じゃあ、それを受付に持っていきましょう」

レクスは受付を指差す。

エレナが小さく頷いたので、レクスは彼女と共に列に並んで順番が来るのを待った。

待つこと数分、すぐにレクス達の順番が回ってきた。

「これ……お願いします……」

エレナは依頼書を受付嬢に渡した。受付嬢はにっこりと微笑みながら、その依頼書にサインした。そして、それをエレナに返す。

一ヶ月前からエレナは自分で依頼書を受付嬢に渡すようになった。元々人見知りで気弱なエレナは今まで自分で依頼書を渡せなかったのだが、今日は彼女からレクスに提案してきたのだ。本人曰く〝レクスにいつまでも頼るわけにはいかない〟そうだ。

「エレナ、行きましょうか」

「うん……」

エレナが依頼書を魔法袋の中に入れるのを確認し、レクスは冒険者ギルドを後にした。

「あら、レクス。奇遇ね、こんなところで会うなんて」

冒険者ギルドを出ると、レクスはフィオナ、キャロル、ルリの三人に遭遇《そうぐう》した。皆、それぞれ装備を身につけており、レクスはどこに行くのか予想がついた。

「三人とも、今から冒険者ギルドに行くんですか？」

「おう、依頼を受けにな」

レクスが尋ねると、キャロルが軽快な口調で答えた。

「レクスも依頼を受けに……？」

「はい、今からユビネス大森林帯に向かうところです」

ルリの質問にレクスは頷いた。

「それで……レクス。その子は？」

フィオナはレクスの隣にいるエレナを見ながら尋ねた。キャロルとルリも同じ疑問を持っており、うんうんと頷きながらエレナを見ていた。

「この子はエレナです……僕の義妹《いもうと》です」

エレナはレクスの紹介に首を傾げたが、〝ここは話を合わせて〟というレクスの呟きでその意図を察する。

「私、エレナ。レクスの義妹。よろしく」

奴隷だったなんて知られたらエレナもいい気持ちはしないだろう。そう考えたレクスなりの配慮だった。

「……そう。私はフィオナよ。よろしくね」

「私はキャロルだ」

「私はルリ……」

三人とも微笑みながらそれぞれエレナに自己紹介した。しかし、エレナは人見知りを発揮してしまい、レクスの服の裾《すそ》を強く掴《つか》んだ。

「エレナ……可愛い……」

ルリはそう呟くと、エレナに近づき頭を撫でた。ルリの突然の行動に、エレナは動揺してしまう。

「こら、ルリ。エレナちゃんが困ってるでしょ」

フィオナはそう言いながら、ルリをエレナから引き剥がした。ルリはその瞬間はっと我に返り、

〝ごめん、つい……〟と謝った。

「じゃあ、私達はこれで」

「じゃあな」

「またね……」

三人はそう言って冒険者ギルドへ入っていった。レクスはそれを見送ると、エレナに向かって告

げる。

「エレナ、行きましょうか」

「うん……」

二人はユビネス大森林帯へ向かった。

＊＊＊

「なんか学園に通い始めてから、頻繁《ひんぱん》に冒険に出てる気がするんだよな……」

レクス達と別れた後、キャロルはフィオナとルリに向かって言った。

「……いや、通う前と同じくらいの頻度よ」

「そうだったけ？」

「学園始まってから一緒にいる時間が増えたから……」

「そのせいか！」

ルリの言葉に納得したように頷くキャロル。

「さて、今回もいろいろと見て回るとしますか……」

そんなフィオナの言葉を聞いたキャロルが呆れたように言う。

「とか言って、本当は剣を振り回したいだけの癖《くせ》に」

「人を戦闘狂みたいに言わないで！」

「え……？」

「え？」

「えって何よ！　えって」

フィオナは頬を膨らませながら叫ぶ。

普通、フィオナのような王女という立場であれば、こうして外出することすら難しい。だが、〝広大な世界を自分の目を通して見て、将来に役立てたい〟的なことを言って両親を説得した結果、フィオナは冒険者活動が許されているのだ。

確かに剣を振るい魔物を倒すことに達成感を覚えてはいるし、この広大な世界を云々《うんぬん》……よりは冒険者活動そのものがメインになってきているのは否《いな》めないが、戦闘狂ではない。フィオナはそう思っていた。

「もう、行くわよ！」

これ以上考えたら負けだと思ったフィオナは二人に声をかけ、依頼場所へ向かっていった。

＊＊＊

「あ、エレナ、ありましたよ、睡眠草」

「違う……それはリフレッシュ草……」

エレナはレクスが採った薬草を見て言った。二人は依頼をこなすため、ユビネス大森林帯に来ている。ちなみにリフレッシュ草と睡眠草は特徴が似ており間違いやすいので、初心者は見分けにくい。

「レクス……ここは私に任せて……」

エレナはそう言うと、詠唱を開始した。

「我が望むは土なり……集まりて形を成し……頑強《がんきょう》な人形となれ……『ゴーレム生成』」

すると、地面がボコッと盛り上がり、人の形をした小さな土の塊《かたまり》が複数形成された。ゴーレムである。

「これを探して……」

エレナはそこら辺に生えていた睡眠草を抜き取り、一体のゴーレムの前に差し出す。ゴーレムはその匂いを嗅《か》いだり、いろいろな角度から見たりし始めた。

ゴーレムはやがて睡眠草から離れると、他のゴーレム達にジェスチャーで指示を出すような動作をした。すると、他のゴーレム達は一斉に睡眠草を探し始めた。

「へえ、凄いですね……」

レクスはゴーレムの知能の高さに感心していた。そうしてふと口にする。

「一体のゴーレムにしか睡眠草を見せていないのに、どうして他のゴーレム達は睡眠草がどういうものかわかるのでしょうか？」

レクスの呟きが聞こえたのか、エレナはレクスの方を見て答える。

「……このゴーレム達は同じ土で作ったゴーレムだから、全て同じ……」

「……？　それはどういうことですか？」

レクスが首を傾げると、エレナはさらにわかりやすく説明する。

「つまり、このゴーレム達は全て同じ個体……だから、一体のゴーレムの記憶は全ゴーレムが共有する……」

「う～ん、そうですか。なんとなくわかりました」

レクスは大体理解したので頷いた。

その後しばらく待っていると、ゴーレム達が睡眠草を大量に集めてきた。明らかに二十本以上はある。

「エレナ、もう十分だと思いますよ。冒険者ギルドに戻りましょうか」

「うん……」

エレナが小さく頷いたその時――

「うわあああぁぁぁぁ!!」

男性の悲鳴が聞こえた。

「……レクス、助けに行こ？」

エレナは悲鳴が聞こえた方を見て、レクスの服の裾を引いた。

「……そうですね」

エレナを危険な目には遭わせたくないが、エレナがそう言うのであれば行くしかない。そう考えたのに加えて、レクスは、助けが必要な人を見捨てられるほど冷淡ではなかった。

レクスとエレナは頷き合うと、睡眠草を袋に入れ、悲鳴がした方へ向かった。


レクスとエレナがユビネス大森林帯を抜けて街道に出ると、そこには十体のオークが荷馬車を取り囲むように立っていた。

「来ないでくれ、こっちに来ないでくれぇ!!」

年老いた白髪の男性は、震えながら地面にうずくまっていた。荷馬車を引く馬は既に血を流して倒れており、死んでいる。

白髪の男性がそうしている間にも一歩、また一歩と男性に近づくオーク達。そして、棍棒《こんぼう》を振り下ろそうとする。

〈もうダメだ〉

白髪の男性がそう思ってギュッと目を瞑《つむ》った瞬間――

「『守る』!!」

オーク達の棍棒が男性に当たる前に、レクスが割り込んでスキル『日常動作』の一つを発動した。

見えない盾のようなもので対象を『守る』スキルでなんとか受け止めた。

「エレナ！」

「うん……！」

エレナはレクスの意図を理解し、小さく頷き詠唱を開始する。

「我が願うは炎……密集し、敵を焼きつくす弾丸となりて拡散せよ……『炎拡散弾《フレイムディフュージョンバレット》』……！」

すると、火属性の弾が複数形成され、十体のオークに襲いかかる。

「ブモォォォォ⁉」

全てのオークには命中しなかったが、六体のオークに当たった。

「『強打』！」

続けてレクスは攻撃力を高めるスキル『強打』を使って、エレナの魔法を受け弱っているオークを木の棒で次々と屠《ほふ》っていく。その時間、わずか数秒。レクスの動きはオーク達はおろか、エレナも目で追えない。レクスの攻撃の速度は凄《すさ》まじかった。

「うわあああぁぁぁ‼」

しかし、レクス達が戦っている間に、一体のオークが再び白髪の男性に近づく。レクスは目の前のオークを倒すことに必死で、いつの間にか白髪の男性と距離が離れてしまっていた。

「あっ……」

しまった、と思うも時既に遅し。無情にも、オークは棍棒を白髪の男性に振り下ろす。

「くっ……『風刃《ウィンドブレイド》』!!」

レクスは魔法を放つが、このままではギリギリ間に合わない。

「はあああぁぁぁ!!」

しかし、白髪の男性にオークの棍棒が当たる直前、金髪の少女がオークと男性の間に割って入り棍棒を弾き返し、がら空きになった懐《ふところ》に剣先を捩《ね》じ込んだ。レクスの『風刃《ウィンドブレイド》』も同時にオークを直撃した。

「ブモオオオォォォ!?」

オークが悲鳴を上げ、鮮血が舞う。オークはそのまま倒れ伏し力尽きた。

「……フィオナさん! 助かりました! ありがとうございます!」

レクスは礼を言った後、残り三体のオークを『強打』と高速で同じ技を繰り返すスキル『連撃』のコンボで屠った。

「ふぅ……危ないところだったわね……」

金髪の少女——フィオナは〝間に合って良かった〟と安堵の息を吐いた。それからフィオナは、自分達もちょうど依頼でユビネス大森林帯に入るところだったと伝えた。

(ステータスを『取る』のは、後回しにしましょう)

レクスは、自分の目の前に表示されている十体のオークのステータスを見てそう思い、一度その画面を閉じた。倒した魔物のステータスは、魔物の死体が消えた後でも『取る』ことができる。

しばらくして、キャロルとルリが走ってやって来る。

「フィオナ……急にどこに行くのかと思ったら……ってレクスも。さっきぶりだな」

「はあ、はあ……」

キャロルはレクスに向かって手を上げた。ルリは呼吸が荒く、なんとか息を整えようとしている。

「それにしても、これはどういうことだ？」

キャロルは目の前の惨状《さんじょう》を見て尋ねる。彼女の目の前には、街道で倒れている十体のオークに、壊れかけた荷馬車。怯《おび》えている白髪の男性といった光景が広がっている。

レクスが説明する。

「そこの方がオークに襲われそうになっていたところに遭遇して……それで……」

「ああ、なるほどな。でも、オークが群れで行動なんて普通はしないはずだ」

「そうなんですか？」

キャロルの言葉を聞いて、レクスは首を傾げた。

「ああ」

キャロルの知識では、オークとは基本、協調性がない魔物。群れで動くなどおかしな話という認識なのだ。

（ということは、ユビネス大森林帯になんらかの異変が起きているのか、はたまたたまたまなのか……わからないがともかく……）

そのように考え込み、やがてキャロルは顔を上げて告げる。

「とりあえず、冒険者ギルドに報告だな……」

何かあってからでは遅い。報告しておくべきだろう。事態の収拾が先だ。キャロルはそう考え、ルリとフィオナと共に、一人休んでいた白髪の男性のもとに向かった。レクスとエレナもついていく。

「いやぁ、本当に助かったのじゃ。あのままじゃ儂《わし》は死んでいたかもしれんからのう。礼を言わせてもらう」

白髪の男性はペコリと頭を下げた。

「いえいえ。ご無事で良かったです」

フィオナは微笑みながら言った。

「ところで、どちらに向かう途中だったんですか？」

レクスは白髪の男性に尋ねた。

「王都に向かう途中でのう。まさか、オークがユビネス大森林帯を出て、街道にいるとは……」

白髪の男性は、予想外だと言うように顔をしかめ、深くため息をついた。

魔物は基本、自分の縄張《なわば》りから出ないというのが常識なのだ。

レクスは白髪の男性に告げる。

「あの、良ければ僕が王都まで護衛しますが……」

王都まで後少しではあるが、油断は禁物。いつまた魔物が出てくるかわからない。警戒しておくに越したことはない。

「おお、それはありがたい！　ぜひ頼むのじゃ！」

白髪の男性はレクスの提案をありがたく受け入れた。

続けてレクスはフィオナとキャロルとルリに問いかける。

「フィオナさん達はどうしますか？」

「もちろん、私達も同行させてもらうわ。冒険者ギルドにも、このことを報告しなきゃでしょうし」

フィオナが答え、後ろの二人も同意するように頷いた。

「あ、後、あの荷馬車は？」

レクスは壊れかけた荷馬車を見ながら男性に聞いた。

「ああ、あれか……無事な商品もあるじゃろうが、運ぶのは難しいじゃろうな」

男性は〝持っていかなくて良いじゃろう〟と首を横に振りながら言った。

（無事な商品もある、ですか……どうにかして運べないでしょうか）

レクスはそう考え、顔を上げた。そして、魔法袋を手に馬車の方へ手を向ける。

「無事な商品を……『取る』！」

『日常動作』スキルの『取る』は、通常倒した魔物からステータスを奪取する能力だが、応用次第で遠くの物を引き寄せることなどもできる。

レクスが手をかざした瞬間、荷馬車を包むように光が発生した。それはやがて弱まっていき――

「「「「えええええぇぇぇぇ!?」」」」

エレナを除く白髪の男性を含む四人は、目の前の光景に目を見開いていた。

彼らの目の前には、馬車に積み込まれていたはずの商品が山積みになっていた。

「ふぅ、とりあえずこれを……」

レクスはそう呟きながら、それらを全て魔法袋に一斉に収納した。

「さて、と。無事に商品を確保できたことですし、皆さん、行きましょ……ってどうしたんですか？」

レクスはそう言うと、完全に固まっている四人を見て首を傾げた。

「……レクス。今、何したの？」

フィオナがレクスに詰め寄りながら問う。レクスがフィオナの剣幕に戸惑っていると、キャロルとルリもフィオナの後ろでうんうんと頷いている。

「い、いや、今のはスキルというか、なんというか……」

レクスは曖昧に濁《にご》した。

(今のは『日常動作』っていうスキルですけど、これは言わない方が良いですね。たぶん皆さん、僕よりいいスキルを持っているでしょうし。ここで恥はさらしたくありません)

「……スキル？」

フィオナが訝《いぶか》しげな顔で尋ねる。

「さ、さぁ、王都に向かいましょうか！」

レクスは話題を切り替え、エレナと共に王都の方に歩き始めた。

「はぁ、仕方ないわね」

フィオナはそう呟くと、先へ進むレクスに視線を向けた。

（レクスが嫌がるのなら今は無理に聞くことはないか。でも、気になるわ、あのスキル。いつかちゃんと聞いてみたいわね）

フィオナはそう考え、白髪の男性、キャロル、ルリと共に、レクスとエレナを追うのだった。


王都到着後――

「じゃあ、私達は冒険者ギルドに報告に行くから、レクス達はそちらの方をお願いね」

フィオナはそう言って、キャロルとルリを連れ足早に冒険者ギルドへ向かった。

「え～っと……」

レクスは白髪の男性に視線を向ける。

（そういえば、この男性の名前を聞いてませんでした。どうしましょう、今さら聞くわけにも……）

レクスがそう考えて困っていると、白髪の男性が何かを察したように名乗り出す。

「そういえばまだ名乗ってなかったの。儂はレオルド・フリットじゃ。お主達《ぬし》はなんと申す？」

「レクスです」

「エレナ……」

「ほう、レクスにエレナとな。いい名前じゃ」

白髪の男性――レオルドはそう言うと、ほっほっほっほっほ、と快活に笑った。

レクスは早速レオルドに尋ねる。

「それじゃあ、レオルドさん。どちらに向かいますか？」

「儂は今から商会に行こうかと思うとる。事態の収拾をせねばならんしの」

レオルドは答えた。

「では、僕達もそこまでお供します」

「本当にすまんのう」

こうしてレクスとエレナは、レオルドを彼の目的地である商会へ連れていってあげることにした。

しばらく歩いていくと――

「ここがそうじゃ」

レオルドが立ち止まって、ある建物を指差す。木造で、看板には〝レオルド商会〟と出ている。

（って、レオルド商会!?　た、たまたま名前が被るなんてありませんよね。ということは……）

「商会長、お帰りなさい！」

「おお、ルミルか」

レオルドの姿を見て、奥の方から従業員の若い男性――ルミルが出てきた。身長はレクスより少し大きいくらいで、声が高い。

「商会長、荷馬車は？」

「ああ、そのことなんじゃが、実は……」

レオルドはルミルに、ここに向かう途中でオーク達に襲われ、荷馬車が壊れてしまったことを話した。もちろん、荷馬車を引いていた馬が死んでしまったことも。

「だ、大丈夫だったんですか⁉」

ルミルが驚いて尋ねた。

「ああ、ここにいる二人と、後はここにはいないが三人の少女に助けられての。この通り無事じゃ」

レオルドは両手を広げ、無傷であることをアピールした。

「よ、良かったぁ……」

ルミルは胸に手を当て安堵の息をつくと、レクスとエレナの方に顔を向ける。

「商会長を助けていただきありがとうございました……！」

ルミルはそう言うと、レクス達に勢い良く頭を下げた。

「いえいえ……」

レクスはそう答えながら苦笑いを浮かべた。

（まさか商会の会長だったとは……驚きましたね）

「それと商会長？　今度からは護衛をつけていってくださいね？　貧乏だからとか言わせませんよ？」

凄みのある笑顔でレオルドに詰め寄るルミル。レオルドは狼狽《うろた》えながら口にする。

「あ、ああ、わかった。次から気をつけるのじゃ……」

「はぁ、本当に大丈夫ですかね？　あなたはいつもそうやって……まあ、いいです。それよりもそちらのお二人さん、お名前は？」

ルミルは改めてレクスとエレナの方に向き直りながら尋ねた。

「レクスです」

「エレナ……」

「では、レクス殿にエレナ殿。大したお礼はできませんが、どうぞこちらに」

ルミルは二人を商会の中に案内するのだった。

＊＊＊

一方その頃、フィオナ、キャロル、ルリが訪れた冒険者ギルドでは――

「オークがユビネス大森林帯を出て、人を襲った……!?」

冒険者ギルドの受付嬢――ノエルは驚いた表情で聞き返した。通常ならありえないことが起きたのだ。いつも冷静に冒険者達の対応をしている彼女が驚くのも無理はない。

「ええ」

報告したフィオナは首を縦に振った。

「それが本当なら……ねえ、ノア。指名依頼をお願い。〝クラウス〟と〝ランドルフ〟に」

ノエルは近くにいたもう一人の受付嬢――薄紫色のショートボブに水色の瞳を持つノアに声をかけた。

ノエルが口にしたクラウスとランドルフというのは、共にパーティメンバー全員がSランクの実力派パーティだ。彼らなら予想外の事態にもきちんと対処できるだろう。

「わかりました。ユビネス大森林帯の調査でいいですか？」

ノアがノエルに確認すると、ノエルは頷く。

「ええ、それでいいわ」

「了解です」

ノアは朗《ほが》らかに微笑み頷くと、そのまま奥の方に引っ込んだ。

ノエルがフィオナ達にペコリと頭を下げる。

「後はこっちに任せてください。報告、感謝します」

「いえいえ、冒険者として当然のことをしたまでです」

フィオナは少し照れながら言った。

ちなみにフィオナは王女ではあるが、一般市民にあまり顔は知られていない。学園では王女が入学すると噂が広まったせいですぐにバレてしまったものの、噂は学園だけで留まっている。なので町を歩くくらいは問題ないし、個人情報を登録する冒険者ギルドでも彼女の正体を知る者はごくわずかなのだ。

キャロルがフィオナに尋ねる。

「ところでフィオナ。依頼の方はどうする？　ユビネス大森林帯に近づかない方がいいんだろ？　危ないし」

「そうね……」

フィオナは手を顎《あご》に当て考え込む。そして何か決断したように、ノエルの方へ顔を向ける。

「ねえ、この依頼なんだけど、辞退してもいいかしら？」

フィオナは一枚の依頼書をノエルに見せた。

ノエルはフィオナから依頼書を受け取り、すぐに返答する。

「ああ、はい、大丈夫ですよ。罰金とポイントの減点もなしにしておきますので、ご安心を」

フィオナ達は安心したように揃って息を吐いた。

フィオナはノエルに向かって告げる。

「では、私達はこれで」

「また何かあれば当ギルドまでお願いします」

フィオナ達は一礼し、冒険者ギルドを後にするのだった。


「ねえ……大丈夫かな……？」

冒険者ギルドからの帰路、ルリはキャロルに尋ねた。

「う～ん、どうなんだろうな。なんとも言えないな」

キャロルは首を傾げながら答えた。横を歩くフィオナが言う。

「クラウスとランドルフがユビネス大森林帯に調査に行くんだから、きっと大丈夫よ」

「フィオナは知ってるのか？　その二つのパーティを」

「ええ、もちろん。あなた達は知らないの？」

フィオナの問いかけにキャロルとルリは頷いた。二人はそういったことには興味がないのだ。

「そう、じゃあ私が教えて……」

「行こうぜ、ルリ。また明日改めて依頼を受けよう」

「うん……」

キャロルとルリは、フィオナの長ったらしい説明が始まる前にその場を離れた。フィオナは話し出すと長い。博識なのは結構なのだが長話は勘弁してほしい。二人はそう考えたのである。

「ちょ、ちょっと待って～！」

後からフィオナが追いかけてくる。

三人はそのまましばらく歩き、途中で別れてそれぞれの家へ帰るのだった。

＊＊＊

「すみません、お菓子をいただいたうえに、こんな物まで……」

預かっていた荷物を返した後、レオルド商会でしばらく話をしていたレクスはそう言いながらペコリと頭を下げた。

レクスの手には、一本の剣があった。長剣の部類に入るもので、長さは一メートルくらい。魔力を通せば、性能が格段に上がる――いわゆる魔剣である。レオルドが助けてくれたお礼にとこれをくれたのだった。

ちなみにレオルドはエレナにも装備を贈《おく》ろうとしたがエレナは〝私にはこれがあるからいい……〟と頑《かたく》なに拒《こば》んだ。レクスが買った装備が気に入っているのだ。

レオルドがレクスに向かって言う。

「いいんじゃよ、それは元々処分する予定でのう」

「処分、ですか？　魔剣って結構高価な物のはずじゃ……それがどうして？」

「うむ、それは魔剣といっても、魔力を通さんのじゃ」

「魔力を通さないのに魔剣、ですか……？」

レオルドの説明に、レクスは困惑した。レオルドは何か思いついた表情をして告げる。

「そうじゃのう。ちょいとそれを貸してみるのじゃ。実際に見せた方が早かろう」

レオルドはレクスから魔剣を受け取ると、魔力を込め始めた。

すると最初の内は通していたのだが、間もなく魔力を通さなくなった。

「こういうことじゃ」

「なるほど。だから、魔力は通さないけど魔剣なんですね……」

レクスはレオルドから魔剣を受け取りながら、納得したように頷いた。

レオルドは柔らかい笑みを浮かべて告げる。

「なんとなくじゃが、お主なら使いこなせそうな気がするのじゃ」

その後しばらく雑談していると、いつの間にか夕方になっていた。

レクスはそろそろ帰ることにし、レオルドに向かってお礼を言う。

「では、僕達はこれで。本当にありがとうございました」

「うむ。こちらこそ、あの時は本当に助かったのじゃ。何か欲しい物があればいつでも来るといい。

まあ、タダというわけにはいかんが……お安くしますぞ」

ほっほっほっほ、と笑いながらレオルドは言った。

レクス達は一礼すると、レオルド商会を後にした。

「ただいまー」

「「「「「お帰りなさい、レクス君、エレナちゃん」」」」」

レオルド商会からネスラ家に戻ったレクス達を、六人のメイド達が迎えた。

「レクス君、それは？」

メイド長のシュレムはレクスが持っている剣を見て尋ねた。

「ああ、これは魔剣です」

「ま、魔剣!?　そんな高価な物をどこで……？」

シュレムやメイド達は驚いていた。

レクスは苦笑いしながら答える。

「ああ、商会長のレオルドさんにもらいました。オークに襲われていたところを助けたのでそのお礼だそうで。そんな大したことはしてないんですけどね」

「オーク？　それにレオルドさんってまさか……レ、レクス君。その話、詳しく聞かせてもらえますか？」

「いいですよ」

それからレクスは、レオルドがオークに襲われた時の状況や彼をフィオナ、キャロル、ルリに助けてもらいながら倒したこと、その後レオルド商会に行ってお菓子をご馳走《ちそう》になり、この魔剣をもらったことを話した。

「な、なるほど、大体の事情はわかりました」

もしレクスの話が本当なら、ユビネス大森林帯に異変が起きているかもしれない。そう考えたシュレムは次のように思案する。

(後でフィアお嬢様のお耳にも入れておきましょう。しかし、十体ものオークを倒すとは……レクス君、十分強いじゃないですか)

シュレムは改めてレクスを見た。

以前本人は無能だのなんだのと言っていたが、そんなわけがない。オークは単体ではCランクの魔物だが、群れだとしたらBランクくらいのはずだ。それを倒してしまうのだから、冒険者でも強い部類に入るだろう。

シュレムはそんなことを考えながら、自室に向かうレクスとエレナの背中を見送った。


「さて……と。試しにこの魔剣に魔力を通してみますかね」

レクスは自室のベッドに腰を下ろし、魔剣を鞘《さや》から抜き取りながら呟いた。エレナもレクスのそばに座る。

レクスは魔剣にもう片方の手をかざし、魔力を込める。

すると――

《あっまーーーい！　あたし好みの魔力だわ!!》

「……え？」

レクスは突如脳内に響いた幼い少女の声に首を傾げた。エレナは、どうしたの？　という表情を浮かべている。

《ほら、魔力を注ぎ続けて！　久しぶりの美味《おい》しい魔力なんだから！》

「す、すみません」

「……？」

幼い少女の声に従う理由はないのに、なぜか素直に魔力を注ぐレクス。エレナは依然として首を傾げたままだ。

《そうそう、いい感じよ！　ん～美味しいわ！》

そんな感じで魔力を注ぎ続けること十数分。

「うわ!?」

魔剣が光り、光が周囲を覆う。やがて、徐々に収まるとそこには――

「ふぅ～お腹一杯。こんなに美味しい魔力を吸えたのは本当に久しぶりだわ……」

お腹に手を当てて座り込む黒髪ロングの幼女。レクスより少し身長が高く、エレナよりは低いくらい。黄金の瞳が印象的だ。

「……!?」

レクスは魔剣が幼女に姿を変えたことに驚いた。エレナも目を見開いている。

幼女は立ち上がって両手を腰に当て、いわゆる仁王立ちのポーズでレクスに尋ねる。

「お前、名前は？」

「レ、レクスです」

レクスは戸惑いながらも答えた。

「そうか。じゃあ、レクス。あたしの力を貸してあげるから、毎日あたしにお前の魔力を吸わせろ！」

「力……？」

レクスは幼女の言っていることがよくわからず、首を傾げた。

「あたしはこう見えても凄い魔剣なんだからね！　そこら辺の魔物や魔獣くらい一撃で葬《ほうむ》ってやるわ！」

幼女はえっへんと胸を張る。

「魔獣……？」

「ん？　なんだ、お前魔獣も知らないのか？」

幼女の問いかけにレクスはコクコクと頷く。エレナも魔獣……？　と首を傾げている。

「知らないか、そうか。だったらあたしが教えてやろう。魔獣は……」

幼女は次のように説明した。

魔獣とは、数百年周期で現れる魔物の上位種であり、一体で国を一つ滅ぼせるほどの強さを持つ。

魔獣相手では、人や亜人種が纏まって対抗したところで敵《かな》わないとのことだった。

幼女はさらに続ける。

「……だから、人や亜人種達は封印魔法を施し、魔獣を封印するわけだけど……その際に生け贄《いにえ》を捧《ささ》げなければならないのよ」

生け贄、という言葉にレクスとエレナは息を呑《の》んだ。場の空気が一気に引き締まる。

「とは言っても、その生け贄は人や亜人種じゃなくて魔物だけどね」

レクスとエレナはホッと息を吐いた。

「だけど、魔獣を封印するには、何百体もの魔物を集めなければならないの。それもそこそこ力のある魔物をね。しかも早く集めないといけないから大変よ」

（魔獣ですか。危険ですね。いつ現れるかもわかりませんし……）

レクスがそう考えて表情を曇らせていると、幼女がパンパンと手を叩いて言う。

「だけど、魔獣は滅多に出てくることはないからね。大丈夫よ」

そして笑みを浮かべて告げる幼女。

「というわけで、これからよろしく頼むわ！」

幼女はレクスの手をがっちりと握った。レクスは返答しようとして、ふと気付いたように尋ねる。

「そういえば、あなたの名前は？」

「あたしの名前？　ないわよ、そんなの」

幼女はあっけらかんとした表情で答えた。

「へ……？　ない？」

レクスが間抜けな声を漏らすと、幼女は声を上げる。

「レクス、お前が名前をつけてくれ！」

「ぼ、僕がですか？」

「そうだ」

幼女はふんす、と鼻息を鳴らして頷く。

「別に構いませんが、変な名前になっても恨《うら》まないでくださいね？」

「わかったわ」

幼女は即座に頷いた。

（う～ん……そうですね。魔剣、黒髪、黄金の瞳……え～っと）

レクスは額に手を当てて考え込み、ふいに思いついた名を口にしてみる。

「……ミーシャなんてどうでしょう？」

適当に女の子っぽい名前をつけてみたのだが――

「ミーシャ……うん、いい名前だわ！」

当の本人は喜んでいるのでよしとする。

こうして、レクスの新たな仲間として、ミーシャが加わったのだった。

「ステータスを『取る』」

その日の夜——レクスはベッドの端に腰かけて呟いた。その後ろでは、エレナが気持ち良さそうに寝息を立てている。

「昼間のオークからステータスを取っていませんでしたからね。さて、どれを取りましょうか……」

◇『取る』項目を二つ選んでください。
【体　力】4070　【魔　力】3054
【攻撃力】3421　【防御力】2109
【素早さ】1532
【スキル】『攻撃力上昇《パワーリング》』『棍棒術LV2』『絶腕《ぜつわん》』

レクスの目の前には光る画面が出現し、昼間倒したオークのステータスが示されている。『日常動作』の『取る』では、個数制限つきではあるが、この中から好きなステータスを選び自分のステータスに加えることができるのだ。

「う〜ん……」

レクスはステータス画面をスライドさせ、唸る。

(僕のステータスは知力が一番低いんですが、オークには知力がないですね。次に低い体力、魔力辺りを取っときましょう)

レクスは五体のオークから体力、魔力をそれぞれ選択した。

「後は……」

ユビネス大森林帯で討伐したオークは十体。後五体からステータスを取ることができるので、レクスは次にスキルを見てみた。

オークのスキル欄には、『攻撃力上昇《パワーリング》』『棍棒術』『絶腕』の三つがあった。

「『見る』」

レクスはスキルの詳細を見るため『見る』を発動。この能力は、レクスがレベル35に達した時に得たものだ。中々便利で、これを獲得して以来、わからないことがある時はこれを使うようにしている。それぞれのスキルの説明が出てきた。


【攻撃力上昇《パワーリング》】

攻撃力が一・五倍に上昇する。


【棍棒術】

棍棒の扱いが上手くなる。

また、上達すれば棍棒を扱う際に様々なアビリティを使えるようになる。


【絶腕】

敵を殴《なぐ》って攻撃する際に使用すると、攻撃力が五倍になる。

しかし、使用後は酷い筋肉痛に襲われる。


「『棍棒術』はたぶん『棒術』と似たようなものだと思いますし、ここは『攻撃力上昇《パワーリング》』と『絶腕』ですかね。っていうか、筋肉痛に襲われるって……」

『絶腕』の説明文を読み、レクスはげんなりしてしまった。そうして彼は、よほどの状況でない限り使わないと心に決めた。

レクスは説明欄を閉じると、残り五体のオークから、『攻撃力上昇《パワーリング》』と『絶腕』を選択した。

その後、改めて自分のステータス画面を見る。

○レクス
【L V】39
【体 力】48354／48354 【魔 力】49786／49786

【攻撃力】５９７３５　【防御力】３８５６２
【素早さ】４１７８５　【知　力】２９７８４
【スキル】
『日常動作』『棒術・真（２／１５）』『脚力強化（中）（０／１０）』『威圧（中）（０／１０）』
『突撃（２／１０）』『水魔法（４／５）』『風魔法（５／１０）』『飛翔（１／１０）』
『共鳴・上（０／１５）』『超重斬撃（１／１０）』『吸収（４／５）』『消化（４／５）』
『攻撃力上昇《パワーリング》（０／１０）』『絶腕（０／１０）』
【アビリティ】
『棒術・真』――『強硬』『器用』『強打』『魔力纏《まりょくてん》』『連撃』
『水魔法』――『初級魔法』
『風魔法』――『初級魔法』『中級魔法』
『飛翔』――『安定』『速度上昇』
『共鳴・上』――『反射』『効果範囲拡大』『密集』『増幅』
『超重斬撃』――『威力上昇』『重力纏《じゅうりょくてん》』
『吸収』――『体力吸収（３％）』
『消化』――『麻痺打ち消し』

ちなみにアビリティとは、スキル使用者の動きをアシストする補助能力のようなものだ。また、スキルは一定のレベルを超えると進化し、より強力になる。その目安を表しているのが、スキル名の後に表記されている数字というわけだ。

学園に入学して二ヶ月以上経ったこともあり、レクスのステータスは格段に伸びていた。

「『見る』」

レクスは再び『見る』を発動。同じスキルを複数獲得したことで進化した『攻撃力上昇《パワーリング》』と『絶腕』の詳細を見る。

【攻撃力上昇《パワーリング》】
攻撃力が二倍に上昇する。

【絶腕】
敵を殴って攻撃する際に使用すると、攻撃力が十倍になる。
しかし、使用後は二日間酷い筋肉痛に襲われ続ける。

「改めて見ると『攻撃力上昇《パワーリング》』は結構使えそうですね。『絶腕』は……うわっ、攻撃力が十倍になるのは嬉しいですが、酷い筋肉痛が二日間も……さっきより大変なことになってるじゃないですか」

レクスはしばらく自分のステータスを眺めてから画面を閉じ、布団に入った。エレナの隣で横になるとベッドは寝心地がよくて、自然と瞼《まぶた》が下がっていくのだった。

＊＊＊

「いよいよ来週から、六学園対抗祭の本選に出るメンバーを決める予選が行われる。明日までにその用紙に自分が出場したい部を書いて提出するように。各自本選に出られるよう、頑張ってくれ」

Sクラスの担任――ウルハはそう言って、名簿を持って教室を出ていった。Sクラスの生徒達はそれを見送るとざわざわし始める。

「おいおい、お前、何に出るよ？」

「う〜ん、俺はダガーの部かな……」

「ねえねえ、何に出る？」

「私はもちろん、薬師《くすし》の部よ！」

生徒達は皆どこの部で出るか、その話題で持ちきりだ。もちろん、フィオナのもとにもいつも通り取り巻きの生徒達が集まり、そんな話をしていた。

「フィオナ様はどの部で出場するのですか!?」

「私は剣術の部に出場するわ」

フィオナは内心ため息をついたが表情には出さず、微笑みながら答えた。

「やっぱり！　フィオナ様の剣術は凄いですからね！」

「そうですよ！　フィオナ様ならきっと代表になること間違いなしです！」

「それはどうかしらね……」

フィオナは苦笑しつつ曖昧に言った。しばらくして生徒達がフィオナから離れていくと、彼女はため息をつきレクスの席に向かう。

「フィオナさんは毎回大変ですねぇ……」

レクスはフィオナに同情するように言った。

「ええ、本当に……勘弁してほしいのだけれどね」

フィオナは俯き、疲れた顔でまた深いため息をつく。そして顔を上げると、あっ、と言って話し出す。

「そういえば、あの後あのご老人はどうなったの？」

「ああ……レオルドさんでしたら、無事に送り届けましたよ」

「そう……」

フィオナはホッと息を吐いた。

（万一の事態がなくて良かったわ。王都とはいえ治安がいいとは言えないから）

「ご老人とか無事に送り届けたとか、なんの話？」

いつの間にかレクスの横にリシャルトがいて、会話に入ってきた。

「ああ、実はね……」

フィオナはオークに襲われたレオルドのことを話した。

「ほぇ〜それは大変だったね」

「ええ、大変だったわ」

フィオナはげんなりした顔になったが、すぐに表情を戻し、話題を変えるように尋ねる。

「あっ、そうそう。あなた達は六学園対抗祭でどこの部に出るつもりなの？」

「僕は魔法の部に出るつもりです。剣術や槍術なんかはロクに扱えませんから」

レクスは苦笑しながら答えた。

その言葉を聞いて、フィオナはレクスと同じように苦笑する。

（いや、レクスならどれでもいけそうな気がするわ。あの尋常じゃない素早さ。剣術や槍術はまだ未熟かもしれないけど、あの素早さには私もついていけないし）

実際、剣術や槍術等の授業で見せるレクスの素早さは凄まじく、その様はフィオナの目に焼きついていた。

（先生も目が飛び出るほど驚いてたしね。私はレクスと一戦交えたことはないけど、絶対負けるわ）

フィオナが考え事をしていると、リシャルトの声が割って入る。

「俺は槍術かな」

「へえ、意外……でもなかったわね。そういえば槍術の授業だけ妙に張り切ってたものね」

「槍術好きだからね、俺」

リシャルトは微笑んでそう言った。

「そう。まあ、それぞれ違う部だけど、代表になれるように頑張りなさいよ。私も代表の座を勝ち取ってみせるから」

「フィオナさんは剣術ですよね。ええ、頑張ります。僕より強い人なんて山ほどいますし……勝てるかわかりませんが、精一杯やってみます」

（いやいやいや!!　レクスみたいなのが山ほどなんて、いるわけないから！）

レクスの過剰な謙遜に、フィオナはついつい突っ込みそうになったが、ぎゅっと口を結んだ。本人の顔を見ると、本当にそう思っているのがわかる。たぶん何を言っても通じないだろうと考えたからだ。

「はぁ……」

フィオナはため息をつきながら、呆れたという表情を浮かべる。リシャルトは面白そうにこのやり取りを見ていた。

レクスが不思議そうに尋ねる。

「な、なんですか？」

「ううん、なんでもないわ」

フィオナは苦笑しながら首を横に振って答えた。

「そうですか……ならいいんですが」

「さて、レクス、リシャルト。そろそろ時間だし、調合室に向かいましょう。遅れちゃまずいし」

フィオナは壁に設置されている時計を見て言った。

「そうですね」

「そうだね」

レクスとリシャルトもつられて時計を見て頷いた。

三人は教科書とその他諸々必要な物を持つと、小走りで調合室へ向かった。


「え〜、では、今日は回復薬を作りたいと思う。材料と器具は机の上に置いてある。作業の手順については同じく机の上に置いてあるプリントを見て進めてくれ。では、各班作業に取りかかって」

薬学担当——エリオット・ガルシアの指示で生徒達は一斉に作業に入った。ちなみに一班は五人。余ったら六人でもいいとのこと。レクスの班のメンバーは、レクス、フィオナ、リシャルト、アーティ、エマ、ナタリアである。

「……や」

聞こえるか聞こえないかくらいの声で、アーティが呟いた。

アーティは金髪に青い瞳を持つ男の子で、顔が良く、物静かなイメージだ。

「「「……？」」」

レクス、フィオナ、リシャルト、ナタリアはアーティが何を言っているかわからず、首を傾げる。

ナタリアは、銀髪の一つ結びにオッドアイを持つ少女。スタイル抜群で、どこかおっとりしている。

「最初の作業は皆面倒だろうから、僕がやっておくよ、って言ってるんだよ！」

そう言ったのはアーティの隣にいるエマだ。紫色の三つ編みに黒色の瞳を持つ。ナタリアに比べると、スタイルは慎《つつ》ましい。

「そうなの？」

フィオナがアーティに問うと、彼はコクコクと頷き、最初の作業について書かれている箇所を指差した。


一．すり鉢《ばち》に回復草を入れて、すり潰《つぶ》し、それらを薬瓶に入れる。


レクスはそれを読み眉根を寄せた。

（そうですねぇ。これは正直言ってあまりやりたくないですね。回復草を薬瓶に移す時に回復草の

液体が手につきますし、臭いですし。その作業をやってくれるのはありがたいです）

他のメンバーもレクスと同じことを考えていたのか、うんうんと納得したように頷いた。

アーティは全員納得したのを確認して、作業に取りかかった。全ての回復草をすり鉢に入れて、すり潰す。すり潰し終わると、六つの薬瓶にそれぞれ分けて入れた。

「次は私がやるね～」

ナタリアはおっとりとした口調でそう言うと、一つの大きい容器に入っている水を六つの薬瓶の中へ入れた。これが二つ目の作業だ。

「後は各自で抽出作業をして完成……ですね」

レクスはプリントを見て呟き、薬瓶を一本取った。四人もそれぞれ一本ずつ薬瓶を手に取る。

「抽出は回復草の魔力を含む液体を抜き取って、水と混ぜ合わせる感じで……」

レクスはそう口にしながら目を閉じ、イメージを膨らませる。イメージは具体的であればあるほど良いと、レクスが以前読んだ本に書いてあった。

しばらくするとレクスの薬瓶が光り始めた。そうして次第に光は弱まっていき――

「えっ、何これ!?　透明な液体……!?」

フィオナは出来上がったレクスの回復薬を見て声を上げた。通常の回復薬は緑色。こんな透明な液体とは程遠い色なのだ。他の四人もそれを見て目を見開いている。

「『見る』」

レクスは『見る』を発動。この回復薬の詳細を見る。


【完治薬《エリクサー》】

これ一本でたとえ致命傷だろうと、一瞬で完治する。

売れば相当な金額を稼げること間違いなしの一品。


「完治薬？　っていうか、凄い性能ですね、これ。素材が良かったからでしょうか？」

「レ、レクス。今なんて？　ていうか、鑑定スキルを持ってるの？」

フィオナは驚いたような表情で尋ねる。

「いいえ、鑑定スキルは持ってませんよ。それと先ほどは完治薬っていうこの回復薬の名前を……ってどうしたんですか？」

レクスが平然と答えていると、フィオナをはじめなぜか周囲の生徒達が固まっていた。

「……はぁ」

フィオナはレクスの無自覚ぶりにため息をついた。完治薬と言えば、伝説級の回復薬だ。それを易々と作ったなど、先生に提出したら大騒ぎになること間違いなしだった。

フィオナはエマに向かって言う。

「ねぇ、エマ。余りの薬瓶と薬草がないか聞いてきてもらえる？」

「……あ、うん。確認してくるね」

エマはフィオナの意図を理解し、頷いて先生のもとへ向かった。アーティもナタリアも察したような顔つきだ。

「え？　どうしたんですか？」

ただ一人、伝説級の回復薬を作った張本人レクスだけが困惑している。

「見てて飽きないね、レクスは」

リシャルトは面白そうに笑っていただけだった。


なお、レクスは完治薬を先生に提出せず、もう一度作った普通の回復薬を提出し、なんとかことなきを得た。フィオナが〝いい？　絶対にさっきの回復薬よりも格段に質を落とすのよ……!?〟と強引に説得したおかげだった。

昼食の時間となり、現在、レクスはラウンジにて、フィオナ、リシャルト、キャロル、ルリと共に弁当を食べていた。

フィオナがバッファーの肉を頬張りながら提案する。

「ねえねえ、弁当を食べ終えたら演習場に行かない？」

「そうだな。私もちょうどそう言おうと思ってたんだよ。行こうぜ、演習場！」

「私も……少しでも予選で勝ちたいから……」

フィオナの提案にキャロルとルリは力強く頷いた。

「そうだねー」

リシャルトも頷く。

「演習場って開いてるんですか？」

レクスは首を傾げながら尋ねた。演習場は基本的に授業以外では使えないはずなのだ。

「レクス、まさか聞いてなかったの？」

「聞いてなかった？　何をですか？」

フィオナは深くため息をついた。キャロルとルリも苦笑している。

「朝、ウルハ先生が言ってたじゃない。今日から六学園対抗祭に向けての練習期間だから、演習場は開放されてるって」

「……え？　そうなんですか？　どの部にエントリーしようか決めるのに夢中になってて全く聞いてませんでした……」

「聞いてなかったのね……」

フィオナは呆れたような顔でため息をついた。レクスは申し訳なさそうに謝る。

「すみません……」

「まあ、そういうことだから、弁当を食べ終えたら演習場に行くわよ」

フィオナが仕切り直すようにそう言うと、レクスは頷いた。

その後も五人は会話をしつつ弁当を食べ、その後演習場へ向かったのだった。

レクス達が演習場に着くと、既にたくさんの生徒がおり、各々が練習していた。演習場は剣術、魔法、槍術、ダガー等々、それぞれのスペースが設けられている。

「じゃあ、ここでいったんお別れね。練習が終わったらまた集まりましょ」

フィオナの言葉をきっかけに、レクスとルリは魔法、リシャルトは槍術、キャロルはダガー、フィオナは剣術のスペースへ向かった。

「う～ん、何を練習しましょうか。これだけ人が集まると、魔法を放つのは不可能でしょうし……」

レクスはぶつぶつ呟きつつ、ふとルリの方を見た。

ルリは杖を持って何か詠唱していた。ルリの眼前に水属性の球が形成され、しばらくするとそれは霧散した。

「ルリさん、何をやってるんですか？」

レクスはタイミングを見計らって尋ねた。

「魔力の漏れを少なくする練習……」

「魔力の漏れ、ですか？」

レクスが首を傾げて聞き返すと、ルリは淡々と答える。

「魔法を発動する際に、使われない魔力がある。そういった魔力は外に逃げ出す。だから、それを極力少なくするの……」

「つまり、魔力をなるべく使い切るということですね。僕もやってみましょうかね」

レクスは早速詠唱を始める。

「無よ……結集し、球の形を成せ……『魔力弾《マナバレット》』」

すると、レクスの眼前に無属性の球が形成された。

「凄い……！　魔力の漏れがほとんどない……！」

レクスがどれほど魔力操作に長《た》けているか、ルリは目の当たりにして呆然としてしまう。しばらくして魔力の球は消滅した。

レクスは深く息をつきながら言う。

「ふぅ……集中しないと魔力が溢《あふ》れそうですね、これ……」

「レクス……私にもコツ教えて……！」

ルリは瞳をキラキラさせてレクスに迫る。

「コツですか……強いて言えば、明確にイメージすることですかね」

「イメージ……わかった……」

こうして、いつの間にかレクスが教える立場となり、昼の練習時間は過ぎていったのだった。

昼食を食べ魔法を練習した昼休みの後、ダガー、盾についての授業を終え、今は帰りのホームルームの時間。教卓にはウルハが立っており、今から諸連絡やちょっとした話をしようかというところだった。

すると——

「す、すみません！　遅れました！」

一人の男子生徒が教室のドアを勢いよく開けて入ってきた。Sクラスの生徒達は一斉にその男子生徒を見た。

ウルハは気弱そうな男子生徒——ベルネスに遅れた理由を尋ねる。

「ふむ。それでベルネス。なぜ遅れた？」

「は、はい、実は、盾の授業が終わった後、突然腹が痛くなって……トイレに行ってました」

ベルネスは、最後の方はほぼ何を言っているかわからない声量で答えた。

「そうか……大変だったな。席に着け。ホームルームを始めるぞ」

ウルハの言葉にベルネスは、はい！　と返事をすると、急いで自分の席に座った。

「さて……全員揃ったな。今からホームルームを始める」

ウルハは教室を見渡しながら告げた。

「朝も言ったと思うが、来週から校内で六学園対抗祭の予選が行われる。二、三年生はお前らよりも学んでいる期間が長いから、知識や技術を豊富に持っている。強敵になるだろうが、勝ち上がって本選へ出場できるように頑張ってくれ。後、明日までにどこの部に出たいか、用紙に記入して提出してくれ。以上だ。各自気をつけて帰るように」

そう注意し、ウルハはSクラスの教室を出ていった。

「っと……言い忘れていたが、ユビネス大森林帯で異変が発生してるかもしれないから、近寄らないでくれ、と冒険者ギルドからのお達しだ」

ウルハはひょっこりとドアから顔を出しながら言って、今度こそ教室を出ていった。彼女の言葉に教室が少しざわつく。

(オークがユビネス大森林帯から外に出て、レオルドさんが襲われたあれですか……冒険者ギルドから二組のSランクパーティが調査に行ってるらしいですが、何事もないといいですね)

レクスがしばらくそんなことを考えていると――

「レクス、一緒に帰りましょ。キャロルとルリも校門前で待ってるから」

フィオナがレクスのもとへやって来て声をかけた。取り巻き達は既にいなくなっている。

「そうですね」

六学園対抗祭の練習期間中ということもあり、フィオナとレクスの放課後の魔法練習は今は一時中断している。

レクスはフィオナの言葉に頷いて、リシャルトとも合流し教室を後にした。

学園からの帰り道にて――

「フィオナさん。どう思います？　ユビネス大森林帯のこと」

「う～ん、そうね……」

レクスの質問にフィオナはどう返答すべきか迷っている。

「なんて言うか、そういうことはあんまり考えなくていいんじゃないか？」

フィオナがしばらく考え込んでいると、キャロルが横から口を挟んだ。他の三人は首を傾げている。

「あ～つまりだな。私らが気にしたところで何か変わるわけでもなし。Sランクの冒険者パーティが二組調査に行ってるんだろ？　なら、大丈夫なんじゃないの？」

キャロルは上手く説明ができないというように頭を掻《か》く。だが、三人はキャロルの言いたいことが理解できた。

「要するに一週間後には六学園対抗祭の予選もあるんだし、そういうのは冒険者ギルドに任せといて、そっちに集中しようってことじゃない？」

「お、おう、まあ、そういうことだ。っていうか、リシャルト、よく私の言いたいことがわかったな」

「なんとなくだよ、なんとなく」

「そ、そういうものなのか……？」

フィオナとルリは納得したように頷いた。

「そうね」

「確かに……」

「そうですね」

レクスも納得した様子だ。

（まあ、確かにそうですね。気にしても何も変わりませんし。二組のSランクパーティにこの件は任せておきましょう）

五人はその後も、六学園対抗祭のことや他愛《たあい》のない話をしながら、それぞれの家へ帰るのだった。


「エレナ、今日は僕が依頼を選んでも大丈夫ですか？」

「うん……いいよ……」

エレナはレクスの問いにコクコクと頷く。学園から帰った後、レクスは冒険者ギルドにやって来た。今回はレクスの従魔であるレインと魔剣のミーシャも一緒だ。

エレナは最初こそレインに怯えていたものの、今はもう気兼ねなく触れるようになっている。そんなわけで、レインを冒険者ギルドに連れてこられるようになった。

レクスはエレナからオッケーをもらったので、早速どの依頼を受けようか品定めする。

「う～ん、できれば討伐系の依頼を受けたいですね。ミーシャの力がどんなものか見てみたいですし……これにしましょうかね」

レクスがそう言って掲示板から剥がした一枚の依頼書。

その内容はいつぞや受けたことがある〝ブルースライム十五匹以上の討伐〟だ。

この依頼は常備依頼と言って、期間中いつでも受けられる。場所は〝ブランカ草原〟で、ユビネス大森林帯ではないし大丈夫だろう、とレクスは考えた。

レクスはその依頼書を持って、受付に並ぶ。

(そういえば、ミーシャをパーティ登録してませんでしたね。っていうか、した方が良いのでしょうか? う〜ん、一応しておきましょうか)

しばらくそんなことを考えていると、レクス達の順番がやって来た。

「この依頼を受けたいのですが……」

「かしこまりました」

受付嬢はそう言うと、レクスの依頼書を受け取り、サインしてレクスにそれを返した。レクスは受付嬢に尋ねる。

「後、こちらのミーシャのパーティ登録をお願いできますか」

「パーティ登録ですね。既にパーティの方は結成されていますか?」

「はい。〝ギデオン〟というパーティ名で一応活動しています」

「わかりました。では、登録用紙をお持ちいたしますので、少々お待ちください」

受付嬢はそう言うと、受付の奥の方へ引っ込んでいった。

不意にミーシャがレクスの服の裾を掴みながら言う。

「レクス、レクス。魔力を吸わせてほしいわ。お腹が空《す》いてきてしまったのよ」

「ミーシャは本当に食いしん坊ですねぇ。仕方ないですね。いいですよ」

レクスから許可を得たミーシャはレクスにぴったりとくっつき、魔力を吸い始めた。

レクスはミーシャの行動に驚く。

「ちょっ、ちょっとミーシャ⁉　そんなことしなくたって魔力吸えますよね⁉」

「はあ～……んっ……美味しいわ……」

(声、声が妙に艶《なまめ》かしいのは気のせいでしょうか……⁉)

周囲から鋭い視線がレクスに突き刺さった。主に嫉妬と羨望だ。

「……ミーシャ……ダメ……！」

エレナが頬を膨らませながら、レクスとミーシャの間に割り込み、二人を引き離した。今度はエレナがぎゅっとレクスに抱きつく。

「わぷ⁉　ちょ、エ、エレナ⁉」

レクスよりエレナの方が背が高いので、必然的にレクスの顔がエレナの首筋辺りに。

(近い、近いですよ、エレナ！　っていうか恥ずかしいので離して……なんか周囲の視線が心なしか鋭くなってるような気が……)

そこへ受付嬢がやって来る。

「あのーすみません、登録用紙を持ってきたんですけど……」

その声で我に返ったエレナは、羞恥のあまり真っ赤になる。ミーシャはその隣でいたずらが成功したような笑みを浮かべていた。

「すみません、すぐに書きます」

レクスは慌ててそう言うと、羽根ペンでミーシャの名前を登録用紙に書きそれを受付嬢に渡した。

そして、さっさと冒険者ギルドを後にする。皆もレクスの後を追って冒険者ギルドを出た。


ところ変わってこの場所はブランカ草原。一陣の風が吹き抜け、草を優しく揺らしている。

「ミーシャ、ああいうのは本当にやめてください」

レクスはジト目でミーシャを見つめる。

「ごめん、ごめん。ちょっとからかってみたくなっちゃったのよ」

ミーシャは微塵《みじん》も申し訳なく思っていない顔で謝った。それからさっきの騒動を思い出し、クスクスと笑った。

「もう……」

レクスはため息をついた。

（そういうことをするなら、こっちにも考えがありますからね）

レクスはミーシャに顔を向ける。

「……ミーシャ」

「ん？」

「今日はもう魔力を吸わせません」

「⁉」

レクスが宣言すると、ミーシャは狼狽えた。

「う、嘘よね、レクス。魔力を吸わせないって……」

「僕は嘘を言いません」

レクスは頬を膨らませてそっぽを向く。

「そ、そんなぁ～！」

ミーシャは〝ねえ、さっきのことは謝るからお願い、魔力を吸わせてよ～！〟とレクスにせがむ。

レクスとミーシャがそんなくだらないやり取りをしていると――

「グルゥ！」

「いたよ……」

レインが警戒するように鳴き、エレナも反応する。

「おぉ、これはすぐに十五匹討伐できそうですね」

レクスの視線の先には大量のブルースライムがいた。十五匹以上は確実におり、彼らは皆草原にある草を食べていた。

「スライムも食事するんですね。てっきり何も食べないものだと思ってましたけど」

「スライムは基本的に何も食べなくても大丈夫なんだけど、時々気まぐれに口にすることもあるのよ」

「へぇ……」

ミーシャの説明に、レクスは感心したように頷いた。レクス達が観察していると、やがてブルースライム達はゆっくりと動き出した。

「ミーシャ。魔剣に姿を戻してください。少し試してみたいので」

「オッケー」

ミーシャがそう言って目を閉じると、ミーシャを中心に周囲一体が光った。その光が収まり、ミーシャがいた場所には一本の魔剣が突き刺さっていた。

レクスはそれを取って魔力を通し、早速ブルースライムへ向かっていく。

「レイン、エレナ、左右のブルースライムをお願いします！」

「グルゥ！」

「わかった……」

レクスの指示を受け、エレナは右に、レインは左に散った。

「はぁ!!」

レクスは魔剣ミーシャをブルースライム二匹に向かって横に薙《な》いだ。すると——

「……え？」

二匹のブルースライムがスパーンと真っ二つになり、光の粒子となってそのまま消えていった。

「どういうことでしょう？」

わけがわからずレクスが首を傾げていると、ミーシャの声が頭に響く。

《そこら辺の雑魚《ざこ》なら、あたしが触れただけで即分解よ！》

「触れただけで⁉　す、凄いですね」

《それにしても……はぁ、美味しいわね、レクスの魔力。一日中吸っていたいわ》

「本当に今日はもうこれ以上魔力を吸わせませんよ、ミーシャ」

レクスとミーシャがやり取りしている隙に、エレナが魔法の詠唱を始める。

「炎よ……我が魔力を糧《かて》とし……周囲一体の敵を焼き払え……『爆破《ブラスト》』……！」

エレナの目の前に、小さい火の球が現れ、それはブルースライム達の中心に向かって飛んでいき爆《は》ぜた。

ボカアアアァァァン‼

直後、周囲は煙に包まれるが、しばらくして収まり、辺りが段々見えるようになってくる。

エレナが魔法によって焼き払った場所は土が少し抉《えぐ》れていた。もちろん、ブルースライムは一匹も残っていない。

「あ……レベルが上がった……」

エレナは浮かび上がるステータスを見て呟いた。

○エレナ
【L　V】20　　　　【職　業】魔導師
【体　力】6342／6342　【魔　力】58465／58465
【攻撃力】4632　　【防御力】4367
【素早さ】4639　　【知　力】9321
【スキル】
『魔導の心得』『魔導の真髄《しんずい》』
【アビリティ】
『魔導の心得』――『魔力消費量削減』『高速詠唱』
『魔導の真髄』――『威力上昇』『速度上昇』

それからエレナは単独で奮闘しているレインに視線を向ける。

「レインの方は大丈夫そう……」

加勢しようかとも思ったが、水魔法を巧みに使ってブルースライムを倒しているから必要ないだろう。

エレナはそう考え、レクスのもとに歩み寄った。

ブルースライムを十五匹討伐し終え、レクス達は冒険者ギルドに向かっていた。

ちなみに、レクスは先ほど十五匹分のブルースライムのステータスを取り、さらに能力を底上げした。

もちろん、素材の方も取ってある。

ただし、ミーシャの能力『分解』によってブルースライムが何匹か消し飛んでしまったので、全てのブルースライムから取れたわけではない。素材まで分解されては敵《かな》わないと思ったレクスは、緊急時以外魔剣ミーシャを使わないことに決めた。

「ねえ～レクス。ごめんてば。許してよ～」

「ですから、許すも何も怒ってませんから。今日は魔力を吸わせないっていうだけで」

「レクスの魔力が吸えないと、あたしもう生きていけない……」

ミーシャは悲しそうな表情を浮かべて言った。

「そんな大袈裟な。まぁ、これに懲《こ》りたら、もう二度とあんなことはしないでください」

「そんなぁ～！」

レクスとミーシャがそんな風にやり取りしていると――

「レクス……」

エレナがそう言いながら、横からちょんちょんとレクスの服の裾を引っ張る。

「なんですか、エレナ？」

レクスが尋ねると、エレナはゆっくりと口にする。

「来週から……その……始まるんでしょ？　六学園対抗祭」

「ええ」

「私も見に行きたい……レクスを応援する……」

エレナはふんすと鼻息を鳴らした。

レクスは笑みを浮かべて告げる。

「そうですね。フィアさん達も来るそうなので、行けると思いますよ」

「やった……」

エレナは小さくガッツポーズして呟いた。

そこへ、ミーシャがレクスにまとわりつきながら言う。

「ね～え～！　お願い、レクス！　冒険者ギルドでのことは謝るから魔力吸わせてよ！」

「あーもう！　わかりました、わかりましたから！　吸わせてあげますから、放してください！」

レクスがうっとうしいとばかりにミーシャを引き剥がして言うと、ミーシャはずいっと再びレクスに近づき、瞳をキラキラさせる。

「ほ、本当!?」

「ええ」

レクスは苦笑し、ため息をつきながら答えた。

「やったーー！」

ミーシャは空に向かって拳を高々と上げながら喜ぶ。

そんなくだらないやり取りをしつつ、三人とレインは冒険者ギルドへ向かうのだった。


そうして冒険者ギルドに帰ってきた。

「レクス君。ポイントが上限に達したので、Cランクに上がることができますが、そのためには昇級試験を受けてもらわなければいけません」

急に受付嬢から説明されたものの、レクスは慌てることなく聞いていた。以前にレインを従魔登録した時にも、同じ説明を受けているので知っていたのだ。

「受けますか？」

「はい、お願いします」

「では、試験官ができそうな者を呼んで参りますので、少々お待ちください」

受付嬢はそう言って、受付の横にある階段を上っていった。いなくなった彼女の代わりに別の受付嬢が入り、他の冒険者の応対に追われている。

レクスは邪魔になると思い、受付の端の方に移動した。

「試験ですか……どういうものなのでしょうか？」

レクスは冒険者ギルドの昇級試験を受けるのは初めてで、内容が気になっていた。以前説明を受けたが、試験の内容は教えてもらえなかったのだ。

「たぶんだけど、試験官と戦うんじゃない？」

レクスの呟きに、ミーシャが答えた。エレナはミーシャと同じ予想なのか、うんうんと頷いている。

「グルゥ！」

レインの鳴き声を聞き、レクスはレインの考えを推測する。

（あ、僕もそう思うよ、ですか。さいですか。っていやいや、そんなわけがありません。そもそも、レインが理解しているのかも疑問ですし……）

レクスは苦笑いしてレインの頭を撫でた。

「そうですね。闘技場もありましたし、たぶんミーシャの言う通りでしょうね」

「闘技場……？」

エレナとミーシャが首を傾げる。

「あそこの掲示板の左にあるドアを入れば、闘技場ですよ」

レクスは闘技場に続くドアを指差した。二人はそのドアを見る。

「そうなの。あの先がねぇ」

「へぇ……」

ミーシャとエレナは感心したように呟いた。

その後しばらく雑談して待っていると、試験官を呼びに行った受付嬢の声が階段の方から聞こえてきた。慌てているようだ。

「わ、わざわざギルドマスターが試験官をする必要は……」

「いや、何。ちょうど暇だし、他の奴らは忙しいんだろ？　だったら俺でいいじゃねえか」

「ですが……」

受付嬢と受付嬢からギルドマスターと呼ばれた男性が階段を下りてきて姿を見せる。受付嬢がレクスに声をかける。

「ああ、すみません。お待たせしております」

「いえいえ」

レクスはそう答えると、受付嬢の隣にいるがたいの良さそうな男性を見やる。男性の左目は引っ掻き傷で潰れており、いわゆる隻眼《せきがん》だった。

（この人が試験官ですか……僕より何倍も強そうです）

レクスの視線に気付き、男性はニカッと笑い自己紹介を始める。

「俺は、一応ここのギルドマスターをやってるオーグデンだ。そして今回、お前の試験官となった」

「ギ、ギルドマスター⁉　な、なんでそんな人が僕の試験官に……⁉」

レクスは爵位やランクについてはさっぱりだが、ギルドマスターが偉い人ということくらいはわかる。

レクスがあわあわしていると、受付嬢はオーグデンの隣で額に手を当て、ため息をついた。

オーグデンがレクスに声をかける。

「そんで坊主《ぼうず》。お前の名前は？」

「レ、レクスです……」

レクスは緊張しながら答えた。

「そうか。んじゃあ、レクス。早速闘技場に行くぞ。お前の実力を見定めてやろう」

ガッハッハと豪快に笑い、オーグデンは歩き出した。

「あの、エレナ達はどうすれば？」

レクスはエレナ達を見ながら問う。

「ん～そうだな……お前らは観客席で俺と坊主の試合でも見とけ」

オーグデンの言葉にエレナはコクコクと頷き、ミーシャは〝わかったわ〟と返した。

「じゃあ、行くぞ」

オーグデンの号令で、レクス達は彼の後ろについていく。

(はぁ、正直勝てるとは思えませんし、胸を借りるつもりで挑みましょう)

レクスはそんなことを思いつつ、闘技場へ向かった。

レクスが闘技場に入り準備を整えると、オーグデンはニカッと笑いながら問う。

「準備はいいか？　坊主」

「ええ、いつでも」

レクスはそう答えて木の棒を構えた。観客席にはエレナ、ミーシャ、レインがいる。

「では……」

ゴクリとレクスは息を呑む。

オーグデンも自分の愛剣を鞘から抜き、構えた。それは大剣と呼ばれるもので、よく使い込まれているのが窺《うかが》えた。

「始め!!」

受付嬢の合図に合わせ、レクスは動き出す。先手必勝だ。

「『強打』『連撃』!!」

一瞬でオーグデンとの距離を詰め、レクスはスキルを繰り出した。その速度にオーグデンは目を見開く。

ガキィ！　ガキィ！　ガキィ！

少し鈍《にぶ》い音が響く。レクスの攻撃は全て受け止められてしまった。レクスはこのままでは押しきれないと判断し、オーグデンの大剣を木の棒で弾き、その勢いで後退した。

「坊主、相当やるな……お前みたいな奴とやるのは久しぶりだ。少々本気を出させてもらう！」

オーグデンはそう言うと、大剣を両手で持ちレクスに迫る。

（速い!!）

レクスはオーグデンの速さに驚いたものの、その一方でまだ目で追える速さだとも感じていた。

「シッ！」

オーグデンが大剣を振り下ろす。鋭く、それでいて速い。大剣をここまで振るとなると相当な力が必要になるはず。

「ぐっ……!!」

レクスは木の棒を両手で持ち、大剣を受け止める。結構ギリギリだ。歯を食い縛《しば》って、なんとか耐えている。

「押しきれねえか」

オーグデンは呟くと、すぐさま距離を取った。

今度はレクスが攻めに転じる。

（力で勝てないのはわかっています。ならば手数で……！）

「『風刃《ウィンドブレイド》』!!」

レクスは風属性の刃を複数形成し、オーグデンに放った。なお、刃は潰してあるので、仮に直撃しても、気絶程度で済むはずだ。

それは、物凄い速さでオーグデンに迫っていく。その魔法にオーグデンは目を見開いていたが――

「はぁ!!」

オーグデンは大剣に魔力を纏わせ、横に薙いだ。すると、レクスの『風刃《ウインドブレイド》』は一つ残らず消滅してしまった。

しかし、これで終わるレクスではない。

「ん？　坊主がいねえな。どこ行ったんだ？」

オーグデンの前からレクスの姿は消えていた。あの『風刃《ウインドブレイド》』は囮《おとり》。本命はその後だ。

「『攻撃力上昇《パワーリング》』『強打』『連撃』!!」

レクスは『攻撃力上昇《パワーリング》』を使い、先ほどよりも威力を上げてオーグデンの背後から攻撃。これなら防げないはずだ。

（取った――）

レクスがそう思ったのも束の間。

「『速弾き返し《カウンター》』」

「があああぁぁぁ!?」

レクスの腹をオーグデンの大剣の刃のない方が捉えた。

（いつの間に……⁉）

レクスの身体に激痛が走る。レクスは思いきり吹き飛ばされ、闘技場の壁に激突した。

ドゴオオォォォォン‼

「がっ……⁉」

この瞬間、既に朦朧《もうろう》としていたレクスの意識が完全に途切れ、彼はそのままズルズルと地面に倒れてしまった。

「あっ……やべぇ、やりすぎちまった」

オーグデンは苦笑混じりに頭を掻くと、レクスのもとへ急ぐのだった。


「ん……？」

レクスが目を覚ますと、木の天井が視界に入った。レクスの下にはふわふわしたものがある。レクスが下を見ると、それはベッドだったことがわかった。明らかにここは闘技場ではない。

レクスが右を見ると、そこにはドアがある。とりあえず出てみようと思い、ベッドから下りた。

「いづっ……」

レクスは背中に痛みを感じた。それでもなんとかベッドから下りる。

「レクス……大丈夫……？」

「レクス、心配したのよ⁉　全く……」

ドアがガチャリと開き、エレナ、ミーシャ、レインが姿を現した。二人共、レクスのことを心配していたようだ。

レクスはよろよろと立ち上がり、苦笑しながら言う。

「エレナ、ミーシャ、レインも。すみません、心配をかけてしまいましたね」

「本当よ！　レクスの魔力が吸えなくなったらどうすんのよ！」

「そっちの心配ですか。ミーシャらしいですね」

レクスは苦笑しながら呟いた。

「……うるさいミーシャ。黙って……」

エレナは不満そうに眉間《みけん》にしわを寄せながらミーシャに圧をかけ、レクスを労るように声をかける。

「レクス、大丈夫……？　無理しないで……」

エレナは、立つのもやっとなレクスを支えた。

「お、坊主。目が覚めたか」

そこへ、ミーシャとレインの後ろからオーグデンが姿を見せた。

「悪かったな。少々やりすぎちまって……」

オーグデンは頭をガシガシと掻きながら、ばつの悪そうな顔で謝った。

「いえいえ、気にしなくて大丈夫ですよ」

レクスはそう言って首を横に振った。エレナはオーグデンをじーっと睨んでいたが、ミーシャはそんなエレナの様子を見て笑っていた。

「そう言ってくれると助かる。それで、詫《わ》びになるかはわからねえが……」

オーグデンは苦笑しながらそう口にし、〝んんっ〟と一息おいて、再び口を開く。

「俺に稽古《けいこ》をつけさせてくれねえか？」

「稽古、ですか？」

「ああ。詫びというよりは、俺の願望かもしれないな……」

レクスはオーグデンの言葉の意味を測りかねて首を傾げる。

「なんつーか、坊主の戦い方はまだまだ粗削《あらけず》りだから、もっとしっかりと戦い方を覚えれば、伸びると思うんだ」

オーグデンは言葉を選びながら告げた。

（稽古ですか……良い機会ですし、オーグデンさんのような強い人にならつけてもらいたいです）

レクスはその気持ちを正直に伝える。

「ぜひ稽古をつけてください」

レクスは頭を下げようとするが――

「いづっ……」

背中に痛みが走り、崩れ落ちそうになる。

そんなレクスを、エレナは再び支えた。

「レクス、無理しないで……」

「うっ、すみません……」

レクスは申し訳なさそうに言った。

「坊主。しばらくここで休んでろ。あんまり無理はすんなよ」

オーグデンに気遣われつつ、レクスは考える。

(そうは言ってもこのままじゃ不便なんですよね。エレナも大変でしょうし。すぐに回復できると良いんですが……)

そしてハッと気付く。すぐに傷を治すのに最適なスキルをレクスは持っていた。すぐさま実行する。

「『回復』」

『日常動作』スキルの『回復』。文字通り体力や魔力を回復するスキルだ。これなら痛みも取れるはず。

「……!?」

「何これ……!?」

「うおっ!?」

レクスが薄緑色の光に包まれる。その光景に、エレナとミーシャとオーグデンは驚きの声を漏らした。しばらくして、その光は収まる。

「おっ、治りました」

レクスは体を伸ばしたり腰を曲げたりして、問題ないことを確認した。そして、ホッと息を吐く。

「エレナ、もう良いですよ」

「う、うん………」

レクスの体を支えていたエレナは、呆気に取られつつもレクスからそっと離れた。

「皆さん、どうしたんですか？」

呆《ほう》けているエレナ達を見て、レクスは首を傾げた。


その後レクスは、三人にあのスキルはなんなのかと問い詰められた。だが、彼は『日常動作』を凄いスキルだと微塵も思っていないので、ばれたらバカにされると思い、隠し通した。

帰り際、オーグデンはニカッと笑いながら言う。

「明日には新しい冒険者カードができてるだろうから、改めて取りに来てくれ。ランクはその時のお楽しみだ」

冒険者にはギルドカードが配布されるが、今回の試験の結果でランクが変わる可能性があるため、レクスはカードをギルドに預けることになったのだ。

なお、稽古の方は明日から早速つけてもらうことになった。六学園対抗祭予選の期間はどうしようかとレクスは悩んでいたが、結局その期間はお休みすることにした。

またレクスがダメ元でエレナ達の稽古もお願いしたのだが、オーグデンは快くオッケーしてくれた。ただしオーグデンとは別の人が稽古をつけてくれるらしい。

「わかりました。では、後日改めて」

レクスはオーグデンにそう答えると、皆と共に冒険者ギルドを後にした。

＊＊＊

「あの坊主……将来化けるな」

オーグデンはレクス達が出ていった冒険者ギルドのドアを見やり呟く。あのステータスの高さ、魔法のスキル、一人が持つにしては多すぎるスキルの数、本当に凄い少年だと彼は心から感心していた。

オーグデンはステータス画面を開き、自分のステータスを確認する。

○オーグデン
【ＬＶ】８６　【職業】鑑定士《アプレイザー》
【体力】８３５３７／８３５３７　【魔力】７２３４８／７２３４８

【攻撃力】６８５９４　【防御力】５４９０６
【素早さ】４９６７７　【知　力】９００３４
【スキル】
『鑑定ＬＶＭＡＸ』『分析ＬＶＭＡＸ』『剣術ＬＶ５６』
【アビリティ】
『鑑定』――『全視』『予知』
『分析』――『模倣《コピー》』『熟練度維持』
『剣術』――『剣速上昇』『威力上昇』『溜め攻撃《チャージ》』『速弾き返し《カウンター》』

「抜かれるのも時間の問題か……」

オーグデンは一息ついた後、そう呟いた。

オーグデンの職業は『鑑定士』であり、適性検査を受けた時から、『鑑定』と『分析』はレベルマックスだった。これは適性検査では稀《まれ》にあることだ。

「それに……」

強い人材をできるだけ育成したい。レクスのような人材が育っていけば、主に貢献度においてこの先ギルドは安泰《あんたい》だ。もちろん、それだけではないが。

なお、貢献度とは、そのギルドがどれだけ依頼をこなしたかというもので、ギルド組織を評価する一つの指標となっている。

一年に一回、王都コルステンに各町のギルドが集まり報告会が行われ、そこで一定の数値を下回り、なおかつそれが三年以上続いたギルドは残念ながら潰されてしまうのだ。

今のところここの冒険者ギルドはギリギリではあるが、一定の数値は超えている。

「まあ、どちらにせよ、坊主には強くなってもらわねばな」

オーグデンはそう言いながら苦笑した。そしてさらに考え込む。

あのレクスという少年は『無職』だった。『鑑定』を使ったので、オーグデンにはわかったのだ。

『無職』ゆえに職業に縛られず、何者にもなれる、ねえ。はっ、確かにその通りかもしんねえな」

それは、かつてオーグデンの親友が口にした言葉だった。オーグデンはそれを思い出し、愉快そうに笑った。ちなみにその親友は今や大役を終え、のんべんだらりと暮らしている。

「久々に会いに行こうかねぇ……」

オーグデンはそう口にすると、楽しそうに笑みを深めた。

(もちろん、坊主達の訓練の助っ人要員としてな。他の奴らもこの際だし呼んじまうか)

オーグデンはそんなことを考えながら、ギルドマスターの部屋に向かった。

＊＊＊

「今日は錬金術の初歩の初歩、『強化』についてやっていくよ～」

気の抜けた声でそう言うのは、Sクラスの錬金術の担当ディーリー・ストラクス。男の先生だ。

今、レクス達がいるのは錬金室。薬学の時に使った教室とは似ているが、少し違う。

「机上に一人一つずつ鉄を用意したよ～。やり方は以前にも説明したからわかるね～？　じゃあ、始めてくださ～い～」

ディーリーの合図で皆それぞれ鉄を一本取って『強化』の作業に入る。

レクスも皆にならって作業を始める。ちなみに皆班ごとに分かれており、その班は以前回復薬を作った時と一緒だ。

レクスが鉄を強化するため魔力を注ごうと集中力を高めていると、トントンと肩を叩かれた。レクスが振り向くと、そこにはナタリアがいた。

「レクス君、抑えるんだよ？」

なぜかナタリアに忠告され、レクスは困惑する。だが、他のメンバーもうんうんと頷いている。

「……？　わかりました」

レクスはなんで力を抑える必要があるんだろうと不思議に思いながらも、素直に従っておくことにした。

「絶対よ？」

しかし、ナタリアはさらに念押ししてくる。普段のおっとりとした口調ではなく、どこか迫力があった。それに顔は笑っているが、目は笑っていなかった。

「は、はい……」

レクスはコクコクと何回も頷いた。

「本当にわかってる？」

「わ、わかってますって」

「そう。じゃあ、後でどんなものになったか、報告してね〜。もちろん、嘘はダメだからね〜」

「え、ええ……」

最後に普段通りのおっとりとした口調に戻ったナタリアは、そのまま自身の『強化』の作業に戻っていった。他のメンバー達もレクスをちらちらと見ながらも、各々作業を始める。

「ふぅ。さて、僕も始めましょうか」

レクスは一息つくと、今度こそ『強化』を始めることにした。

(う〜ん、決められた鍵言語はあるんですが、自分で想像しやすい形に変えちゃいましょう。その方が魔力を制御しやすいですし)

「我が魔力を糧とし……彼《か》の素材の強度を上げよ……『強化』」

レクスがそう唱えると、鉄の塊が勢いよく光り出した。班の皆が思わず目を腕で庇《かば》うほど眩しい光だ。

やがて光が収まると、レクスは出来上がったそれを『見る』で調べる。

【硬鋼《ハードスチール》】

通常の鋼よりも硬度がある素材。

硬度はミスリルに若干劣るものの滅多に入手できないため、重宝するべき。


「硬鋼……？」

レクスは表示された画面を見て呟いた。既に『強化』の作業を終えていた班の四人は、レクスを見て固まっていた。

「ナタリアさん、硬鋼ができたのですが……ってどうしたんですか？」

レクスが尋ねても、ナタリアは呆然としたままだった。リシャルトはやっぱりね、といった顔をする。

フィオナが、妙に迫力のある笑顔で問いかける。

「ねえ、レクス？　わざとやってるのかしら？」

もちろん、目は笑っていない。

「え？　相当魔力を抑えたんですけど……」

困惑しながらも薄々自分がやらかしたことを察したレクスは言い訳をする。だが、彼が本気で言っているのを察し、フィオナは額に手を当ててため息をついた。

「はぁ……ナタリア、余ってる鉄がないか、聞いてきて」

「わかったわ」

(普通、鉄を『強化』したら、鉄＋《プラス》1とかになるはずなんだけど。うん、もう『強化』の次元じゃないわね、これは)

フィオナがレクスの生み出した硬鋼を見つめてそう思っていると、ナタリアが戻ってきた。

「フィオナ、鉄は余ってないって」

ナタリアの言葉に、フィオナは呆然とする。

「……どうしましょうか」

もはや打つ手なし。このまま提出するしかないとフィオナが考えていると何者かが声を上げる。

「……ぎ」

アーティが何か呟いていた。しかし、聞き取れない。

「偽装《ぎそう》魔法はどうかな、だって！」

エマがアーティの発言を補足した。その場にいた皆もハッとした表情になる。

「「それだ！」」

フィオナとナタリアが同時に叫んだ。幸い錬金室内が騒がしいのもあって、あまり目立たなかった。

その後、アーティがレクスの作った硬鋼に偽装魔法をかけて普通の鉄に見せることで事なきを得たのだった。

「よう、来たな。坊主、それに嬢ちゃん達も」

学園での授業が終わり、いったんネスラ家に戻って私服と装備を身につけた後、レクスはエレナ、ミーシャ、レインと共に冒険者ギルドに来ていた。

「オーグデン。こいつらが例の？」

オーグデンの隣にいる黒髪ショートの気だるそうな男性がオーグデンに尋ねた。その後ろには赤いローブを纏った女性と、身軽な装備で腰にダガーを二本差した女性、ジャージ姿で少し癖のある黒髪の男性がいる。

「ああ」

「……そ」

オーグデンに続いて、男性はあくびをしながら短く答えた。

冒険者ギルドは先ほどから騒がしい。

「ねえねえ、あれって……」

「ああ、間違いねえな」

「なんで〝四英雄〟がここに……？」

冒険者達はオーグデンの周囲に集う四人を見て、ひそひそと噂話をしている。だが、当の四人は気にした様子はない。

「あの、オーグデンさん。この方達は？」

レクスが尋ねると、オーグデンはニカッと笑う。

「こいつらは俺の親友だ。お前達の稽古に付き合ってもらおうと思って来てもらったんだ」

オーグデンの言葉を皮切りに、赤ローブの女性から自己紹介を始めた。

「私はローザよ。よろしくね」

赤ローブの女性――ローザはにっこりと微笑んだ。

「あたいはエル。よろしく」

無表情で名乗ったのは身軽な装備の女性――エル。

「俺は、リューだ。ふわぁ……よろしく」

気だるそうな黒髪ショートの男性――リューはまた大きくあくびをした。

「俺はダミアンだ。よろしくな」

最後に癖っ毛の男性――ダミアンが笑顔で手を上げた。

「まあここだとあれだし、早速、闘技場に行こう」

オーグデンが周囲を見回しながらそう言うと、四人も同意なのか、それぞれ頷いた。

「おい、行くぞ。坊主」

オーグデンの言葉にレクスも頷き、一緒に闘技場へ向かった。

「あー……お前、名前は？」

闘技場に着くと、リューがレクスに尋ねた。

「レクスです」

「ああ、そうだった。んで、レクス。早速だが、そこのダミアンと戦え。実力を見極めてやる」

リューはダミアンとレクスを交互に見て言った。

リューは面倒くさいし眠いようで、ダミアンに戦闘を押しつけたのである。

レクスの方にリューとダミアン、エレナとミーシャの方にローザ、エルがついて早速訓練に入る。

オーグデンは仕事があるといって、闘技場から出ていった。

早速レクスは袋から木の棒を取り出し構えようとするが――

「おい、レクス。これを使いな」

ダミアンに一本の黒い剣を渡される。これといった特徴がないシンプルな剣だが、素材はミスリルで相当な業物《わざもの》だった。もちろん、レクスはそんなことは知らない。

「それはレクスにやるよ」

ダミアンの言葉にレクスは戸惑った。

「で、ですが、本当にいいんですか？　こんな物をもらってしまって……」

「ああ。それはもう使わない剣だしな」

「しかし、ダミアンさんの剣は……」

「ああ、そのことか。それならこれがあるから大丈夫だ」

ダミアンはそう言うと、自身の魔法袋からもう一本剣を取り出した。それは緋緋《ひひ》色金《いろかね》というミスリルよりもさらに硬い金属でできており、全体的に青みがかっていた。

「そ、そうですか。では、遠慮なく」

「おう、もらえる物はもらっとけ」

ダミアンは笑って言った。レクスは剣を握って数回振ってみる。

ダミアンが剣を構えながら問う。

「レクス、準備はいいか？」

「ええ」

レクスも剣を構えながら頷いた。

「かかってこい」

ダミアンのその言葉を合図に模擬戦が始まった。

「はぁ!!」

レクスはダミアンに向かって一直線に駆ける。そして、ミスリルの剣を振り下ろした。

なんの芸もない、単純な攻撃。レクスが学園で剣術を習い始めて二ヶ月ちょっとしか経っていない。まだ彼にはちゃんとした剣術が身についていないのだ。

キイイイィィィン!!

案の定、レクスの攻撃は通じず、受け流された。レクスは体のバランスを崩し、そのまま転倒。背中を打ちつけてしまう。

「いてて……」

「大丈夫か？　レクス」

そんなレクスにダミアンは右手を差し出す。

「すみません……」

レクスはその手を掴んで立ち上がった。

「レクス、お前、体が上手く使えてねえな……」

一方その頃、観戦しているリューは、眠たげに目を細めながらもレクスの立ち居振る舞いをしっかりと分析していた。

（ステータスは高いんだろうが……咄嗟の反応が鈍いし、それじゃせっかくのステータスも意味がねえ。どうしたもんか……）

レクスと対峙するダミアンが告げる。

「レクス。もう一回かかってこい」

ダミアンがスタート前の位置に戻ると、レクスも首肯して位置に着いた。

「行きますよ。やぁ!!」

レクスは地面を力強く蹴り、再びダミアンに迫る。今度は剣を横に薙いだ。

キイイイィィイン！

ダミアンはそれを上に向かって掬《すく》い上げるように弾き、レクスのバランスを崩す。

レクスが握っていたミスリルの剣は、ダミアンの剣の勢いに負け、後ろに吹き飛んで地面に刺さった。レクス自身も前に倒れてしまう。

「ぐっ……」

レクスは痛みに耐えながら立ち上がる。

「レクス、剣を受け流されても動じるな。逆にそれを利用するんだ」

「はい」

レクスはダミアンの言葉に頷き、後ろにあるミスリルの剣を取り、再度挑みかかる。

「はぁ!!」

レクスは剣を振り下ろす。剣速自体は速い。

キイイイイィィン!!

しかし、見切られれば止められてしまう。レクスの剣術には技がないのだ。

それでもレクスは今度は転倒せずに、ダミアンの剣を弾き、その反動をバネにして跳躍《ちょうやく》。そして、
ダミアンの後ろから斬りかかる。

「そうだ。その調子だ」

だが、これもダミアンの剣によって受け止められる。

レクスはいったんダミアンと距離を取った。

(どうやっても攻撃が当たる感じがしないです。どうすれば……)

「次はこっちから行くぞ？」

あれこれ考えていると、ダミアンがそんなことを言ってきた。レクスは悩むのをやめ、ミスリルの剣を構え直す。目を細め、集中力を高める。剣を握る手に力を入れる。

「……!?」

その瞬間、レクスは目を見開いた。ダミアンが消えた……のではなく、速すぎて捉えられなかったのだ。

レクスは、ダミアンを必死に捜《さが》す。

「目で追うな。魔力で感じるんだ」

気付いた時には後ろにダミアンの姿があった。

(い、いつの間に……!?)

「お、レクス。なんでって顔をしてるな。どうして俺の姿が見えないのかって」

ダミアンの言葉に、レクスはまさにその通りだと頷く。

「それは、レクスに俺を認識させなかったからだ」

「認識させない……？」

レクスは首を傾げ、聞き返した。

ダミアンが告げる。

「そうだ。なんて言えばいいのか……うーん、例えば瞬きをしたり呼吸したりって無意識でやる動作だよな？　ということは、それらの動作は認識しなくてもできる、ということになる。それと同じような原理さ」

（……？　全くわかりませんね）

「……悪いな。上手く説明できなくて」

レクスが困惑している様子を見て、ダミアンはばつが悪そうに謝り、開き直ったように言う。

「まあとにかく、動きが見えなくても目で追うな。魔力で感じるんだ。いいな？」

「はい」

レクスは素直に頷いた。

この後もしばらく訓練は続いた。

ちなみに訓練の途中からリューは寝てしまっていた。訓練終了後、彼はダミアンに思いっきり背中を叩かれて起こされていた。

第三章　六学園対抗祭

ダミアンとの訓練から数日が経過し、いよいよ六学園対抗祭の予選当日となった。この日、レクスの姿は演習場の観客席にあった。

「はぁ……緊張してよく眠れませんでした」

レクスは憔悴《しょうすい》した様子でため息をついた。

こういった大きな行事に参加するのは今日が初めてなのだ。加えて、お互いに予選突破するというフィオナとの約束もある。緊張しないわけがなかった。

今日のレクスの試合は三試合目。一つ目の試合が終わったら控え室に行かなくてはならない。

「っと、その前に開会式がありましたね」

レクスは観客席を離れ、Sクラスの生徒が並んでいるところにやって来る。そこにはフィオナ達の姿があった。

「あ、フィオナさん。それにキャロルさん、ルリさん、リシャルトさんも。おはようございます」

「レクス。おはよう」

「おはー」

「おはよう……」

「おはよう」

フィオナもキャロルもルリもリシャルトも眠そうだった。皆緊張で眠れなかったのだ。

レクスは、リシャルトは緊張しない類《たぐい》の人だと思っていたが、そうでもなかったらしい。

フィオナがあくびをしながらレクスに尋ねてくる。

「レクス。昨日寝られた？」

「いえ、緊張して全然眠れませんでした」

昨日、レクスは結局ベッドに入ってから二時間後くらいにようやく寝ついた。おそらく、五時間も寝ていない。

「やっぱり緊張するよなー。私も全然寝られなくってさ」

キャロルはそう言いながら苦笑している。ルリもその横で〝私も……〟と同調していた。

レクスはリシャルトに話を振る。

「リシャルトさんも？」

「うん？　いや、俺は遅くまで調べものをしてたからな」

「対抗祭前日に何やってるんだ、お前は……」

キャロルが呆れたようにリシャルトを見る。

「まあ、なんにせよ本選まで行きたいよな」

キャロルはそう言うと、〝そうすれば学校の授業を多少休めるかもしれないし〟と続けた。

「そうね……本選には出たいわね」

フィオナがそう言うと、レクスは横でうんうんと頷いた。

そんな他愛もない話をしていると――

「これより、六学園対抗祭予選の開会式を執《と》り行います」

突如響いたアナウンスで、場内は一気に静まり返った。

「まず、ウルハ理事長からお話がございます。理事長、お願いします」

演習場に用意された壇上にウルハが上がり、話し始める。

「シルリス学園理事長のウルハだ。今日はお前達生徒にとって、一大イベントだ。この予選を勝ち上がれば、本選に出場できる……だが」

ウルハは一度そこで言葉を切る。生徒達がゴクリと息を呑んでウルハの言葉を待つ。

「本選が終わったら、その時に出られなかった授業分のテストを実施する。それで合格できなかったら補習となる。本選に出られるからといって勉学を怠《おこた》ることのないように」

ウルハは口の端を吊り上げ、笑みを浮かべた。

生徒達から〝え～!?〟と声が漏れる。〝去年まではなかったのにぃ！〟と言う生徒もいた。

「私からは以上だ」

ウルハはそう言うと、壇上から下りた。生徒達は依然として騒がしいままだった。

「えー、続いては競技上の注意について……」

その後も騒がしい中、開会式は続いた。


「じゃあ、私達はこっちだから」

フィオナはそう言うと、キャロル、リシャルトを連れて別の会場へ向かった。剣術、ダガー、槍術の部は同じ会場なのだ。レクスとルリは魔法の部。先ほど開会式が行われたこの演習場で試合をする。

「はい、またお昼にでも」

「またね……」

手を振りながら歩いていく三人に、レクスは手を振り返す。

「僕達も行きましょうか」

「うん……」

レクスとルリは頷き合うと、第一試合を見るために観客席に向かった。

「さあ、本日の第一試合はウォード・エンディ選手対ルゥ・ロイエン選手だぁ！　実況担当は私、放送部のフメラ・デーナと……」

「シンディ・ドロシアでお送りしまぁす！」

放送機材を通じて、そんなやり取りが場内に響きわたる。選手の二人は既にフィールドにてそれぞれ杖を構え、試合が始まるその時を今か今かと待っている。

「では……始め!!」

男性教師の合図により、試合はスタートした。まず、先手を取ったのはウォード。

「我は風を願いたもう……密集し、渦《うず》を巻け『風巻流《トルネード》』！」

ウォードの眼前に人の背丈ほどの大きさの竜巻が形成され、ルゥに向かって飛んでいった。

「『盾展開《シールド》』！」

ルゥの『盾展開《シールド》』は一定以上のダメージを防ぐ効果があるスキルだ。

実況が声を上げる。

「おーっと、ルゥ選手『盾展開《シールド》』でウォード選手の上級魔法『風巻流《トルネード》』を防いだぁ!!」

(じょ、上級魔法？　あ、あれが？)

レクスはウォードの上級魔法を見て、その威力の低さに驚いていた。エレナの魔法や自分の魔法の方がはるかに強力だと思ったのだ。

「わぁ……凄い……」

隣で感心するルリに、レクスは困惑してしまう。

(す、凄いんですか？　あれって)

「我がもとに集いし闇よ……鎖を形成し、敵を拘束せよ……『鎖獄陣《リストレイント》』！」

ルゥが唱えると、紫色の魔法陣がウォードの足元に出現した。そこから紫色の鎖が何本も出現し、ウォードを拘束せんと襲いかかる。

「ふっ！」

ウォードは手元で小さな風を起こし跳躍して、すんでのところでかわした。ウォードはさらに魔法を発動する。

「我は風を願いたもう……集結し、鋭い刃となりてあの鎖を切り刻め……『風刃《ウィンドブレイド》』！」

風属性の刃が複数形成され、それらは鎖に向かって放たれた。

レクスはその光景を見ながら唖然としていた。

（……!?　スピード遅くないですか!?　あれじゃ鎖は切れない……）

ズバッ！　ズバッ！　ズバッ！

（切れちゃいましたよ、鎖!?）

ある意味驚いているレクスの横で、依然としてその戦いに見入っているルリ。彼女は感嘆《かんたん》の息さえ漏らしていた。

「くっ……！　『盾展開《シールド》』！」

鎖に当たらなかった流れ弾ならぬ流れ刃がルゥに向かって飛んできたため、彼女は『盾展開《シールド》』で防ぐ。その隙をウォードは見逃さない。

「『炎矢《フレイムアロー》』！」

ウォードのスキル『炎矢《フレイムアロー》』がルゥを襲う。彼女の『盾展開《シールド》』は既に消滅している。

『炎矢《フレイムアロー》』が直撃し、ルゥの防御陣の耐久値を三分の一ほど削った。

ちなみに防御陣とは六学園対抗祭の試合で使用されるアイテムで、一定の耐久値が定められている。対抗祭の試合では、これを先に全て削った方が勝ちとなる。

「ぐっ……！」

ルゥは歯ぎしりしながらも次の攻撃に備えた。

（なんか、この戦いがスローモーションに見えるのは気のせいでしょうか？）

レクスは試合を観戦しながらずっと首を傾げていた。

魔法を展開するスピードも遅ければ、動きにも切れがない。だが、レクスがそう思うのも仕方がなかった。レクス基準でこの試合を見ればそうなるのだ。

（まあ、だからといって他の人が今戦っている人と同じくらいの能力値とは限りませんよね。僕の対戦相手は優勝候補とか言われてるらしいですし。勝てるかはわかりませんが、精一杯頑張ります）

レクスがそんなことを考えている内に、第一試合はウォードの勝利で幕を閉じた。レクスは第三試合の準備をするために控え室に向かうのだった。

その後第二試合が終わり、いよいよ第三試合となった。ついにレクスの試合だ。控え室に向かう前にルリが〝頑張って……〟という言葉をかけてくれた。

レクスは試合開始時間五分前になったのを確認して、控え室からフィールドへ向かう。

フィールドに近づくほどに、レクスの心臓の鼓動は速くなった。レクスは深呼吸を繰り返し、なんとか平静を保とうとする。

レクスはついにフィールドに到着した。同じタイミングで相手の選手も登場した。

青髪に黒色の瞳。出るところは出て、引っ込むところは引っ込んでいる、スタイルの良いかなりの美少女。一見強そうではないが、相当な猛者《もさ》であり、レクスより二つ上の三年生である。

彼女の登場で観客のボルテージは最高潮となった。完全にアウェイな雰囲気に、レクスは苦笑しながら頬を掻いた。

「さあ、本日の第三試合！　ミーハ・クルス選手対レクス選手だぁ！　ミーハ選手は今回の六学園対抗祭の優勝候補と言われています！」

「お相手のレクス選手は運が悪かったですねー。ですが、諦《あきら》めずに頑張ってほしいと思います」

実況のフメラとシンディが口々に言った。

（妙にムカつきますが、気にしないでおきましょう）

レクスがこめかみをひくつかせていると、彼の目の前に立つミーハが優しげな口調で尋ねてくる。

「あら、あなたが私の対戦相手？」

「ええ、そうですが」

「そう。先に忠告しておくわ。出し惜しみしない方がいいわよ？」

勝負の結果に悔いが残らないようにとそう言ってくれたのだろう。絶対的な自信を持っているからこそ口にできる言葉だ。

レクスはそう思いつつ、ミーハに返答する。

「忠告ありがとうございます。ですが、この勝負、負けるつもりはありませんので」

レクスもこの勝負は引けないのだ。いくら相手が強かろうとも、フィオナとの約束があるから。

「どうやら忠告は無駄だったようね……」

ミーハはふぅと息を吐く。そして――

「では……始め！」

男性教師の合図により、試合が始まった。

「悪いけれど、先手必勝でいかせてもらうわ！」

ミーハは手にした杖を掲げ、詠唱を開始する。

「我は氷を願う……地面よ……凍りて敵を足止めせよ……『凍結《フリーズ》』！」

レクスを中心に青色の魔法陣が展開し、地面が凍り始めた。レクスの足が氷によって地面に縫いとめられる。

「『土槍《アースシュペーア》』！」

ミーハは続けて『土槍《アースシュペーア》』を発動。複数の土属性の槍が、動けないレクスに襲いかかる。

「おーっと、ミーハ選手ぅ！　いきなり広範囲中級魔法『凍結《フリーズ》』と『土槍《アースシュペーア》』のコンボだぁ！　レクス選手、これは万事休すか⁉』

しかし——

(遅いですね。これなら余裕です)

レクスは魔法を展開する。

「『風盾《ウィンドシールド》』！」

風属性の盾が『土槍《アースシュペーア》』をことごとく防ぎ、粉砕した。

レクスが足を動かすと、氷はあっけなくパキッと割れた。

「な、なんとレクス選手！　ミーハ選手の『土槍《アースシュペーア》』を防ぎ『凍結《フリーズ》』から抜け出したぁ！」

ミーハは驚愕の表情を浮かべる。

彼女は、今の攻撃で防御陣の耐久値を削りきったと思っていた。唖然とするミーハだったが、腐っても優勝候補。すぐに切り替え、次の攻撃を繰り出す。

「『光流槍撃《ホーリーコンビネーションシュペーア》』！」

上空に数十の魔法陣が展開し、そこから光の槍がレクスに降り注ぐ。

「これで終わりよ！」

ミーハは光の槍がレクスに襲いかからんとする光景を見て、今度こそ勝利を確信した。

（大体の相手ならさっきの『凍結《フリーズ》』と『土槍《アースシュペーア》』のコンボで倒せる。でも、あの子はそれを防いだ。それだけは少し予想外だったけど、これは防げないでしょ）

ミーハがそう思っていた矢先――

「『風壁《ウィンドミュール》』！」

レクスの周りを覆うようにドーム状の風属性の障壁が生まれ、光の槍はレクスに到達する前に全て弾き返され、地面に落下し光の粒子となって消えた。

その光景に、ミーハはまたもや驚かされた。

（まさかこれも通じないなんて……となると、あれしかないけど、あれは規模が大きすぎるし、何より長い詠唱が必要。それじゃ攻撃する隙を与えることになる）

ミーハの思考を中断するように、レクスが叫ぶ。

「『水刃《アクアブレイド》』！」

レクスから水属性の刃が放たれた。

（速い⁉　これじゃ詠唱が間に合わない‼）

ミーハは急いで回避しようとするが、『水刃《アクアブレイド》』のスピードの方が速く、回避する前にミーハに直撃。そのまま防御陣の耐久値を削りながらミーハを吹っ飛ばした。

「かはっ……⁉」

ミーハは演習場の壁に打ちつけられ、呻き声を上げる。そして、そのままズルズルと地面に倒れ

た。彼女の防御陣の耐久値は既にゼロだった。

「な、なんと!!　第三試合、勝ったのはレクス選手だぁーー!!　誰がこの展開を予想したでしょうか!?」

「いやぁ、まさか勝つとは思いませんでした。それに、あのミーハ選手を一撃で倒すとは……相当な実力者なのでしょうね」

フメラが声を裏返しながら興奮した様子で叫び、シンディは驚きつつも冷静な口調で解説した。

観客席では、レクスを称賛する声が鳴りやまなかった。

「ふぅ、それにしても……」

レクスはそう口にすると、思案し出した。

（ミーハさんでしたっけ？　優勝候補とか言われてましたけど、力を抑えてくれたのでしょうか？）

しかし、そんなことはありえない、とその考えを一蹴する。

（試合で手を抜いてわざと負けるなんてことは、よほどの理由がない限りやりませんしね。ということは油断していたのでしょうか。アナウンスの紹介で、僕が平民だということを悟ったのかもしれないですね）

一般的に貴族のステータスは平民よりも高いと言われているので、貴族である彼女が平民相手に本気を出しそびれた可能性は否定できない。

「次の試合はそう簡単にはいかないということですね」

そう、たまたま勝てただけなのだ。優勝候補のミーハに勝てたからと言って、次の試合も勝てるとは限らない。

「でも、とりあえずは一回戦を突破できてよかったです」

レクスはそう思い込むとポツリと呟く。

レクスは安堵の息を吐きながら、騒がしい試合会場を後にし、ルリのいる観客席に戻ったのだった。


その後も順々に試合は進み、昼食の時間となった。レクスとルリはラウンジにて昼食の準備をしてフィオナ達を待っていた。

しばらくすると、フィオナとキャロルとリシャルトがやって来た。

「ごめんなさい。待たせてしまって」

「わりぃな」

「ごめん、遅くなったよ」

フィオナ、キャロル、リシャルトが口々に謝った。

「いえいえ、僕達も今来たところですし」

「うん……全然待ってない……」

レクスとルリは首を横に振った。

五人がテーブルに揃い、早速各々昼食を食べ始める。レクスがフィオナに尋ねる。

「そういえば、フィオナさん。勝ったんですか？　試合」

フィオナの試合は午前中だったはず。キャロルとルリは午後の予定だ。

「ええ、勝ったわよ」

フィオナは当然という表情で答えた。相手は同じ一年生であり、彼女としては勝つのは当たり前だという認識だった。

「レクスの方は？　ミーハ先輩と戦ったんでしょ？」

フィオナはそう尋ねつつ頭の中で考える。

（ミーハ先輩は、優勝候補に挙がっていた先輩だ。経験も知識もレクスよりあるし、強い。だけど……）

それからフィオナはレクスの普段の様子を思い出し、苦笑する。

（たぶん、レクスには勝てないでしょうね。薬学の授業で完治薬作っちゃうし、魔法の実践なんか、魔法の精度が高すぎて先生も度肝抜かれてたし）

フィオナの予想通り、レクスは頷いた。

「ああ、はい。僕の方も一応ですが、勝ちました」

そう言ってレクスは苦笑する。

「一応……？」

「はい、相手が油断してくれたおかげでなんとか勝つことができたんです」

（あー……たぶんそれ、勘違いね。ミーハ先輩が油断するわけないし）

フィオナは苦笑いし、そんなことを思った。

ミーハとフィオナは旧知の仲なので、フィオナはミーハがどんな性格なのか大体把握している。

普段はおっとりしている癖に、あれでいて隙がない。気配りもできるし、細かいことにも気が付く。そのミーハが油断するなどありえない。

フィオナはそう納得すると、キャロルに話を振る。

「それで、キャロル。あなた次の試合勝てるの？　相当強者《つわもの》らしいじゃない」

キャロルは首を傾げ、う〜んと唸る。

「どうだろうな。勝つつもりではいるが、正直厳しいと思う」

キャロルの相手は、ダガーの部で優勝候補とまではいかないものの、常に上位にいる猛者らしい。

「まあ、やれるだけやってみるさ」

キャロルはヤキソバパンを頬張りながらそう言った。

続いてレクスがルリに尋ねる。

「ルリさんは勝てそうですか？」

すると、ルリはふんすと鼻息を鳴らし、胸を張って答える。

「心配しなくても勝ってみせる……」

「そ、そうですか……」

レクスは自信満々のルリに戸惑いながら笑った。リシャルトにも尋ねる。

「リシャルトさんは？　一回戦、勝ったんですか？」

「うん。勝ったよ。次も勝つつもり」

リシャルトは微笑んで言った。

すると、フィオナが口にする。

「まあ、ほはははいふぁいひょうの……」

「フィオナさん、ちゃんと食べてから喋ってください」

レクスに咎《とが》められたフィオナは、ゴクンと肉を呑み込むと、再び話し始める。

「お互い代表の座を勝ち取れるように頑張りましょうね」

四人はそれぞれ頷いた。

レクスは心の中で思う。

（ぜひとも予選を勝ち抜いて、本選に出場したいですね）

六学園対抗祭の本選で優勝すれば、トロフィーと金メダルがもらえる。そのこともレクスをやる気にさせていた。

（優勝してフィアさんを喜ばせたいです。まあ、そこまで勝ち抜けるかはわかりませんが）

落ちこぼれだったレクスを拾って居候させてくれているフィアに、少しでも恩返しがしたい。

レクスはそんなことを考えながら、弁当箱に入っている料理を頬張るのだった。

＊＊＊

――時は少し遡《さかのぼ》り、レクスがミーハと戦っている頃。

「大変だ。最悪の事態が起こった」

Sランク冒険者揃いのパーティ、クラウスとランドルフの全メンバーは冒険者ギルドでテーブルを囲むように座り、ユビネス大森林帯の調査報告をしていた。

最初に口を開いたのは、クラウスのリーダー、テイラー・ヴェリアスだ。

「何かあったんですか？」

受付嬢――ノエルが問うと、テイラーが答える。

「ユビネス大森林帯の深奥《しんおう》にある洞窟に鬼人《オーガ》が棲《す》みついてやがった。それも一匹どころじゃねえ、何匹もいる。あの感じだと、鬼人《オーガ》の上位種もいるかもしんねぇ。下手すりゃ最上位種がいる可能性もある」

上位種とは〝将軍《ジェネラル》〟や〝剣士《フェンサー》〟や〝魔術師《メイジ》〟など、なんらかの職業を持つ魔物のこと。最上位種はそれらを纏めるリーダーだ。

上位種でA、Bランク相当、リーダーともなればSランク相当。Sランクパーティ二つだけではとてもではないが、対処は難しい。

テイラーはさらに告げる。

「たぶん、このまま放っておけば、ユビネス大森林帯を越えてこっちまでやって来る」

リーダーのいる魔物の集団は、他の領地を我が物にせんと攻めてくる傾向にある。そういった前例もあるのだ。それは、ここ王都も例外ではない。

「冒険者ギルドだけではどうにもなりませんね。騎士団や魔法士団にも協力してもらわないと……」

これはいったんギルドマスターに報告しなければならない。ノエルはそう考えた。

「調査の方、お疲れ様でした。こちら、今回の報酬となります」

ノエルはそう言うと、受付の引き出しから今回の報酬である二百五十万セルクを一パーティずつに渡した。クラウス、ランドルフは報酬を受け取ると、立ち上がった。

「またお越しください」

ノエルの言葉にそれぞれのパーティメンバーは軽く手を上げ、冒険者ギルドのドアを開け、去っていくのだった。


「ギルドマスター!!」

ノエルは大声で叫びながらギルドマスター、オーグデンの部屋のドアを勢いよく開ける。

「ギルドマスター、大変なんです！」

ノエルははあはあと息を切らしている。オーグデンはまあまあいったん落ち着けと、彼女を座らせた。

「……何があったんだ？」

ノエルのただならぬ様子を見たオーグデンは尋ねた。

「実は、鬼人《オーガ》の集団がユビネス大森林帯の深奥にある洞窟に棲みついたらしいんです」

「何？　それは本当か？」

オーグデンは眉間にしわを寄せ、険しい顔つきになった。

もしその話が本当なら、冒険者ギルドだけでは対処しきれない。騎士団や魔法士団に協力を要請する必要が出てくるだろう。

鬼人《オーガ》によって棲み家を失った魔物達がユビネス大森林帯から出てくる可能性もある。それに鬼人《オーガ》がユビネス大森林帯を完全に支配すれば、次は王都に攻めてくるかもしれない。事態は一刻を争う。

「またあいつらにも来てもらうか……」

オーグデンの親友で〝四英雄〟の冒険者達だ。彼らがいれば、とりあえずはなんとかなるかもしれない。

「あいつら……？」

「ああ、すまん。こっちの話だ」

「そうですか……」

オーグデンの言葉にノエルは頷いた。

しかし、これは騒動の序章にすぎない。これからもっと大きな事件が起きるのだが、彼らはそれを知る由《よし》もなかった。

＊＊＊

「あー後少しだったんだよ！　あそこで押しきれてれば私が勝ってたのに！　あ〜くそっ……！」

キャロルは悔しそうにそう言った。キャロルはダガーの部の猛者――ベリアス・スペンサーに後一歩のところで敗れた。途中まではキャロルが優勢だったのだが、終盤で形成が逆転し負けてしまったのだ。

フィオナはキャロルに向かって言う。

「まあ、仕方ないじゃない。よく頑張ったわよ、キャロルは」

自分の試合を午前中に終えていたフィオナは、キャロルの試合を観客席から見ていた。キャロルがどんな試合をしたのかも彼女にはわかっている。

「うぅ……やっぱり悔しい！」

ちなみにレクス、フィオナ、リシャルト、ルリは一回戦を突破した。キャロルだけが一回戦で敗退したのだ。

現在、レクス、フィオナ、キャロル、ルリの四人は六学園対抗祭の初日を終え、それぞれの屋敷に帰る道中である。リシャルトは行くところがあるからと言って、先に帰っていった。

ルリがぽんぽんとキャロルの肩を叩いて言う。

「キャロル、来年だってある……来年リベンジすればいい……」

「そうだけどさ～……」

キャロルはどうしても勝ちたかったようで、かなり悔しがっている。

そうこうしている内に、いつも各々が別れる道まで来た。

「じゃあ、私達はこっちだから」

フィオナはそう言いながらその道を左に曲がる。ルリとキャロルもフィオナと一緒に帰っていった。


「ただいま～」

「「「「「「お帰りなさい、レクス君」」」」」」

屋敷に戻ると、いつも通り六人のメイド達がレクスを迎えた。

(毎回思うんですが、メイドさん達って気配察知のスキルでも持ってるんでしょうか？)

メイド達は、レクスやフィアが帰ってくる時には、いつもピシッと整列しているのだ。レクスはそのことを不思議に思っていた。

（今度それとなくシュレムさんに聞いてみましょうかね）

だが、今は他に伝えるべきことがある。

「レクス君、試合の方はどうでしたか？」

レクスがまさに言おうとしていたことをシュレムに尋ねられた。

「ええ、なんとか勝つことができました」

「そうですか。次の試合はフィアお嬢様も見に行かれるそうですから、ぜひとも勝って良いところを見せてあげてください」

シュレムはニッコリと微笑み、頭の中で考える。

（実際に見たことはありませんけど、レクス君は強いですからね。勝ってくれると思ってました）

ちなみにシュレムはレクスからオークの一件を聞いた時に、彼が実は強いということを知ったのだった。

シュレムはレクスに告げる。

「とりあえず、フィアお嬢様にも試合に勝ったことを伝えてあげてください。きっとお喜びになりますよ」

「はい、もちろんそのつもりです。フィアさんは執務室にいますか？」

「今の時間帯でしたら、恐らく自室におられるかと」

レクスの質問にシュレムが答えた時――

「レクス……お帰りなさい……」

メイド達の間からエレナが姿を現した。その後ろにはミーシャとレインもいる。

「ただいま。エレナ、ミーシャ、レイン」

レクスはいつも通り挨拶を返した。

「ところでレクス……試合の方、どうだったの……？」

エレナはシュレムと同じ質問をした。

「勝ちましたよ」

「そっか……」

エレナはホッとしたように息を吐いた。すると、ミーシャが秘密をばらすように言う。

「レクス、レクス。エレナったら、レクスが試合に勝てるかな……とかずっと心配してたのよ？

あたしは余裕で勝てるわよって言ったのに」

「ははは……余裕ってわけでもなかったですけどね」

レクスは自嘲《じちょう》気味に言うと、エレナは照れ隠しするように頬を膨らませる。

「し、心配なんか、してないもん……！」

「そうだ、今からフィアさんに試合の結果を伝えるんでした」

レクスが思い出したようにそう呟くと、エレナは頷いて言う。

「行ってあげて……フィア、とっても心配してたから……」

「そうだったんですか。それなら早く結果を伝えて安心させたいですね」

「エレナも人のこと言えないわよ」

ミーシャはそう言ってからかうように笑った。

「うぅ……だから違うの……！」

そんなやり取りをする二人を笑って見ながら、レクスはフィアの部屋へ向かった。


コンコン。

レクスはフィアの部屋のドアを軽く叩いた。

「はーい」

中から返事が聞こえたので、ドアを開けて部屋に入る。すると、そこにはベッドに腰かけ、長く綺麗な赤髪をほどくフィアの姿があった。

「レクスか。今日の試合どうだったの？」

レクスが言う前に、フィアは尋ねた。

「勝ちましたよ」

「そっか、良かった。次のレクスの試合を見に行こうかと思ってたから、負けてたらどうしようかと思ってたね」

ホッとした表情を浮かべるフィア。よっぽど心配していたようだ。

「そうですか……」

レクスはそんなフィアの言葉に照れくさそうに答えた。

「じゃあ、僕はこれで」

レクスは言いたいことは言えたからと、フィアの部屋を立ち去ろうとする。

するとフィアが呼び止めた。

「ちょっと待って、レクス」

レクスが振り向くと、フィアがこっちにおいでと手まねきしている。レクスが首を傾げながらフィアのもとに歩み寄ると――

ぎゅううううぅぅぅぅぅ～！

フィアはレクスを胸元に引き寄せて抱きしめた。レクスはびっくりした。

「わぷっ!?　ちょ、ちょ、フィアさん!?」

レクスは、〝どうしたんですか、いきなり!?〟と慌てている。

「最近レクス成分が補充できてなかったからね」

「な、なんですか!?　それ!?」

「はぁ……癒《いや》される」

しばらくすると満足したのか、フィアはレクスを抱きしめていた腕をとく。レクスは恥ずかしそうに赤くなって俯いた。

かった。

「レクス、ありがとう。もう行っていいわよ」

フィアにそう言われたレクスは今度こそフィアの部屋を後にした。その足取りは心なしか軽かった。

レクスが自室に戻ると、そこにはエレナとミーシャ、レインがいた。エレナとミーシャはベッドに腰かけ、レインはベッドの上で丸くなっている。

「ふぅ……」

レクスは疲れたように息を吐き、エレナの隣に座った。

「レクス、魔力吸わせて。お腹空いちゃったわ」

ミーシャはレクスの目の前に来てそう言った。すると、彼女の腹の虫がそれを証明するかのように、ぎゅるうぅぅ～と音を立てた。

「しょうがないですね」

レクスは苦笑しながらも手を差し出す。ミーシャは、レクスの手を両手で握り目を閉じる。すると、魔力が流れ出す感覚がレクスを襲う。

「ん～美味しい！　やっぱりレクスの魔力はいつ吸っても最高だわ！」

とろけるような表情で魔力を吸うミーシャ。はぁ……とか、んっ……といった艶かしい声が聞こえるが、レクスはきっと気のせいだろうと思い込むことにした。

「はぁ……美味しかったぁ」

しばらく吸って満足したのか、ミーシャはお腹をポンポンと叩き、満腹をアピールする。魔力を吸っただけで腹が膨れるのだから不思議だ。

「ねえねえ……ミーシャ。私の魔力も吸ってみて……？」

不意にそんな提案をするエレナ。急にどうしたのだろうと、レクスは疑問に思った。

ミーシャは軽い感じで言う。

「え～もう今日はお腹一杯だから、明日ならいいわよ～」

「わかった……じゃあ、明日吸ってもらう……」

エレナは何かを企んでいるような表情で言った。

こうして、その後もしばしくだらないやり取りをし、夕食をとった後、風呂に入って三人と一匹は床《とこ》に就《つ》いた。

＊＊＊

翌日——
レクス、フィオナ、キャロル、ルリ、リシャルトの五人は、剣術の試合を観戦していた。キャロルは負け、他の四人は試合がないので、今日はいろんな部を見て回ることにしたのだ。

魔法の部、ダガーの部、薬師の部を見て、最後がこの剣術の部というわけである。

先ほどまで見ていた薬師の部は他の部とは違い、制限時間内にどれだけ質のいい回復薬を作れるかというものだった。中々見応えがあり、レクス達はしっかりと対抗祭を楽しむことができた。

フィオナがふいに口にする。

「ほら、あれよ、今年の優勝候補フェルフレア先輩。相当強いらしいわよ」

フィオナは先ほど左側の入場口から出てきた、桃色の髪に浅緑色の瞳を持ち、少し背が低い少女を指差していた。

「へえ、あれがねぇ……」

キャロルは、その人物の力量を見極めるように少し目を細めて呟いた。

「さあ——間もなく第四試合が始まります！　フェルフレア・ルーメル選手対ウェイラー・フォーン選手。今日一番の注目カードです！」

実況は先日の魔法の部と変わらず、放送部のフメラが務めている。

なお、剣術の試合では魔剣を使うことは禁止されている。だが、純粋な剣技のみの勝負というわけでもなく、スキルは使用オッケーである。

「では、始めっ！」

女性教師の合図に合わせ、両者は既に抜刀していた剣を振りかざす。

キイイイイィィィィイン!!

剣と剣がぶつかり、鍔迫り合いになる。フェルフレアは余裕のある表情で、一方ウェイラーは歯を食いしばりながら踏ん張っていた。

フェルフレアがウェイラーの剣を弾くと、ウェイラーは後退した。ウェイラーは腕に痺《しび》れを感じながらも剣を構え直す。フェルフレアの一撃が思ったよりも重く、耐えるので精一杯だった。

このままでは自分は負ける。

そう思ったウェイラーは、こちらから攻めていくしかないと打って出た。

「はぁーー！」

ウェイラーは地面を蹴り、加速、一気にフェルフレアとの距離を詰める。そうしてフェルフレアが自分の間合いに入ると――

「『乱れ突き』！」

ウェイラーは剣を何度も突き出すスキルで、フェルフレアにダメージを与えようとした。

だがことごとく避けられ、いなされた。

やがてスキルの効果時間が終了し、ウェイラーははぁはぁと荒い息を吐く。しかし、止まることなく続けて攻撃を繰り出す。

「『袈裟《けさ》一刀《いっとう》』！」

ウェイラーの鋭い一振りがフェルフレアの肩に襲いかかる。

「うおおおぉぉぉぉ!!」

ウェイラーが放ったその渾身《こんしん》の一撃を、フェルフレアはひらりとかわす。

そして――

「『飛刃《ひじん》』」

ウェイラーは、フェルフレアの放ったスキル『飛刃』をがら空きの脇腹に食らい、吹っ飛ばされる。

何度か地面にバウンドし、呻き声を上げて倒れるウェイラー。今の攻撃で、ウェイラーの防御陣の耐久値は、半分以上削られた。

「ぐっ……くそっ……！」

ウェイラーは悔しそうに歯噛みしながらも、なんとか立ち上がる。試合はまだ終わっていないのだ。

「……!?」

気付くとウェイラーの視界には、フェルフレアの姿がなかった。ウェイラーは必死にフェルフレアの姿を捜す。その瞬間――

「『速一閃《そくいっせん》』」

ウェイラーがその声に気付いて振り向いた時には、もう遅かった。

「がっ……!?」

フェルフレアの『速一閃』はウェイラーの無防備な背中にクリーンヒット。見事ウェイラーの防御陣の耐久値を全て削った。ウェイラーはその場に膝をついた。

「第四試合、勝ったのはフェルフレア選手です！　相手は手強いウェイラー選手にもかかわらず、あっという間に決着がつきました！」

そのアナウンスが会場に鳴り響いた瞬間、〝わあああぁぁぁぁーーーー！〟と観客席から歓声が上がった。

フェルフレアは会場中に手を振り、フィールドを出ていった。


「さっきの試合凄かったわよね」

フィオナが興奮気味に言った。

「ああ、フェルフレア先輩、だっけか？　凄かったよなー。相手の隙をついて『飛刃』で攻撃。相手が立ち上がる間に後ろに回り込んで一撃！　いや～、見事だったよなぁ」

キャロルはうんうんと頷いている。ルリも同意し、キャロルと同じく首を縦に振った。

しかし、レクスはそう思っていなかった。

(あれが凄い、ですか……う～ん、僕にはスローモーションにしか見えませんでしたが……)

思えば、レクスが観戦したほとんどの試合がそうだった。薬師の部を除き他の部――魔法の部やダガーの部でも同様だった。先ほどから皆と試合や選手についての意見が一致しない。

「あのー皆さん、聞きたいことがあるんですけど……」

レクスが迷った末に声を上げると、四人は首を傾げる。

「皆さんはその……なんと言いますか、先ほどみたいな試合がスローモーションに見えたことってあります？」

レクスが尋ねると、四人とも何言ってんだこいつ？　といった表情を浮かべた。

フィオナがレクスに向かって言う。

「さっきの試合がスローモーションに見えるわけがないわ。むしろ速すぎて見えなかったくらいよ」

「フィオナ。レクスだから……」

キャロルがフィオナを遮《さえぎ》る。するとフィオナは〝ああ、確かにレクスだものね〟と呆れたようにため息をついた。もちろん、レクスにも聞こえている。

（そういうことですか……だから、薬学の授業や錬金術の授業でさんざん抑えろって言われたんですね。ようやく合点《がてん》がいきました）

レクスは自分が他の人より能力が高いということをこの瞬間初めて認識し、これから学園では自《じ》重《ちょう》しようと決めたのだった。

＊＊＊

一方その頃、フィア率いる王国最強の騎士団、ディベルティメント騎士団本部の団長室の扉がノックされた。

「はーい」

「失礼します」

部屋の主、フィアの返事を聞いて入ってきたのは副団長のロードリック・エリントとオーグデンだ。

「こちら、カフス地区の冒険者ギルドのギルドマスター、オーグデンです。団長に用があるそうです」

ロードリックが紹介すると、オーグデンは自己紹介したのち用件を話し始めた。

ユビネス大森林帯を二つのSランクパーティが調査した結果、深奥に複数の鬼人《オーガ》が棲みついていたことと、速《すみ》やかに討伐しなければ、魔物がユビネス大森林帯を出てしまう可能性があることが判明したと伝える。

「なるほど……それで、三日後に騎士団と冒険者ギルドが合同で討伐にあたりたい、と」

「ああ、お願いできねえか」

オーグデンは懇願《こんがん》するように頭を下げる。

フィアはしばらく考え込む。

(う～ん、そうね。だったら、明日騎士団のメンバーを決めて、明後日に連携の確認を……)

フィアはそこまで考えると、あることに気付いた。

明日騎士団のメンバー編制をしたら、レクスの試合を見られないと。

（なら、明後日に全部回して！　いや、でも、それだと通常業務にも支障が出ちゃう……！

くっ……！）

フィアは俯いて小さく歯ぎしりした。

（仕方ないかぁ。レクス、ごめんね。試合は見に行けそうにないや……）

「……わかったわ」

フィアは悔しそうな表情で頷いた。

「お、おお……感謝するぜ」

オーグデンはフィアの鬼気迫った表情を見て、たじろぎながらも礼を述べた。

「じゃあ、俺はこれで失礼する。三日後にまた」

オーグデンはそう言って、ロードリックと共に団長室を後にした。

「あ～試合、見に行きたかったなぁ……」

誰もいない団長室で一人、フィアは机に突っ伏し、悔しそうな声を上げたのだった。

＊＊＊

レクス、エレナ、ミーシャの三人とレインは冒険者ギルドに来ていた。

今日は試合もなく全く体を動かしていないため、少しでも動いておかないと体が鈍《なま》ると不安だったからだ。ちなみに軽い依頼を一つこなしたら屋敷に帰るつもりだった。

「今日は僕が依頼を選んでもいいですか？」

レクスがエレナとミーシャに聞くと、二人とも首を縦に振って頷いた。

「う〜ん、どれにしましょうか」

掲示板の依頼を見て悩んでいると、レクスはふとあることを思い出した。

（そういえば、僕のランクは結局どうなったのでしょうか？）

先日の試験の後で発行して渡してやるよ、とオーグデンに言われてからまだギルドカードを受け取っていなかった。

（ちょっと受付の方に聞いてみましょうかね）

レクスは、掲示板を離れ受付へ向かった。幸い受付は空いており、すぐにレクス達の順番が回ってきた。

「すみません。ちょっとお尋ねしたいことがあるんですけど……」

「はい、なんでしょう？」

受付嬢がレクスの言葉にニッコリと微笑む。

「少し前に冒険者ギルドで昇級試験を受けたんですけど、まだギルドカードを受け取ってなくて……」

「すみませんが、お名前は？」

「レクスです」

「レクス君ですね。わかりました、少々お待ちください」

受付嬢はそう言って、カウンターの奥の方に消えていった。しばらくすると、受付嬢が銀色のカードを持って戻ってきた。

「すみません、どうやら渡し忘れていたようで……ご迷惑をおかけしました」

受付嬢は申し訳なさそうに頭を下げた。

「いえいえ、大丈夫です。ありがとうございます」

レクスはそれを受け取ると、ランクが記されているギルドカードの左上を見る。

そこには〝Aランク〟とあった。

普通の人なら驚くのだが、レクスはAランクの凄さをよく理解していないので、これで受けられる依頼や達成報酬が増えると喜ぶだけだった。

周りの冒険者達は、レクスが銀色のギルドカードを受け取っているのを見てざわついていた。

「おいおい、あのガキってあんなに強かったのか……!?」

「嘘だろ!?」

「見た目はあんなに可愛いのに、案外えげつないのね」

レクスは周囲の反応を気にする様子もなく、銀色のギルドカードを自分の魔法袋に入れ再び掲示板の前に向かう。

「まあ、僕は一応Aランクのギルドカードはもらいましたが、エレナはまだDランクですから、Dランクの依頼を受けましょうか」

しかもミーシャはまだ登録したばかりだからEランクだ。まあ、ミーシャは魔剣なので心配はいらないし、レインもなんだかんだで強いのだが。

とにかく、レクスはDランクの依頼が貼られている場所へ向かった。

「レクス……別にAランクの依頼でもいいよ……」

エレナがレクスに提案した。

(確かにAランクの依頼を受けてみたいのは山々ですが、エレナを危険な目には遭わせたくないのですよね)

レクスがう～んと考え込んでいるとミーシャが口を開く。

「レクス、別にいいじゃない。本人が良いって言ってるんだから」

「し、しかしですね……」

「いざとなったらあたしを使えば解決よ」

ふんすと鼻息を鳴らし、胸を張るミーシャ。レクスはしばらく悩んだ末に、Aランクの依頼を受けることを決めた。

「……わかりました。ですが、比較的簡単な依頼を選びますからね？」

レクスはそう言って、Aランクの依頼書が貼られている掲示板に向かい、依頼を物色し始めたのだった。


結局レクス達はAランクの依頼ではなく、Dランクの依頼を受けることになった。

〝Aランクの依頼をパーティで受けるには、パーティに三人以上のAランク冒険者がいなければなりません〟と受付嬢に言われたからだ。

レクスのパーティ、ギデオンには、レクス以外Aランクがいないので依頼を受けられなかった。

今回、受けた依頼はツチモグラの討伐。元々、体を動かすことが目的だったのでAランクの依頼でなくても問題ない。

というわけでレクス達は現在、ツチモグラを探しにブランカ草原に来ていた。

レクスはスキルを発動させる。

「『共鳴・上』『密集』」

『共鳴』は甲高い音を発して周囲の生物を遠ざけるスキルであり、『密集』は魔法やスキルの効果を一点に集めるスキルだ。このスキルによって音を密集させた後は……

「『増幅』」

音を増幅させて、『共鳴』の効果を増大させる。

（よし、一ヶ所に効果を集中させることで僕達に影響はありませんし、周囲の魔物を引き寄せることもないはずです）

そして、しばらくすると――

「キュルルルル⁉」

ツチモグラが二、三体『共鳴』に耐えきれずに、可愛らしい鳴き声を上げながら姿を現した。

「はぁ‼」

レクスは、『強打』と『連撃』でツチモグラ三体を次々に屠っていく。死に際に可愛らしく鳴くので、レクスは若干罪悪感を覚えたものの心の中でごめんなさい、と謝った。

「ん？　またツチモグラが出てきましたね」

「キュルルルルル‼」

そのツチモグラは怒ったような声で鳴いた。

「仲間意識の強い魔物なんですかね、ツチモグラは」

その後、レクスの前に二十四を超えるツチモグラが土から顔を出して現れ、威嚇《いかく》し出した。

「エレナ、やっちゃってください！」

「わかった……」

エレナはコクッと頷くと、早速詠唱を開始する。

「風よ……爆ぜて敵を切り刻め……『爆風刃《ブラストブレイド》』」

エレナは最近、短縮詠唱を覚え、魔法を以前より早く発動することができるようになった。

（まあ、その分、想像力で補わなければならない部分が多いので大変、と本人は言ってましたけどね）

直後、ツチモグラ達の中心に風の魔力が密集し爆ぜた。

その風は凄まじいものだった。しばらくして風が収まると、あちこちに切り裂かれ、血を流しながら倒れているツチモグラの姿があった。

ちなみにレクスは以前にもこの魔法を見たので、仕組みは大体知っている。

この魔法は、一定の空間を循環する風を生み出し、そこに自身の魔力で生成した『風刃《ウィンドブレイド》』を乗せることで完成する。

二つの魔法を同時に行使する、いわゆる〝二重展開《ダブルキャスト》〟には、より明確なイメージと、何よりそれを練るための魔力が必要になってくる。これを習得するには普通は結構な歳月がかかるのだが、それを数ヶ月でものにしたエレナは天才と言っても過言ではない。

「キュルルルルゥ………」

まだ生き残っているツチモグラ数匹がフラフラと立ち上がり、レクス達に襲いかからんと、身を屈《かが》める。

しかしレクス達はそうしたツチモグラが攻めてくる前に手早く始末した。

「ふぅ。とりあえず、依頼されてる分のツチモグラは討伐できましたかね」

依頼内容には、ツチモグラ十五匹の討伐と書かれていたので、一応これで依頼は達成だ。

「さて、ステータスですね。どれを取りましょうか」

レクスは目の前に表示された画面を見て、何を取ろうか考え始める。

◇『取る』項目を二つ選んでください。
【体　力】１９４２　【魔　力】１３５８
【攻撃力】９２７　【防御力】１５７２
【素早さ】１９９６
【スキル】『威嚇ＬＶ２』『掘削ＬＶ２』

別のツチモグラ達も似たようなステータスだった。

「う～ん、全部で二十四匹ですか。結構たくさんツチモグラのステータスを取れますね。十二匹のツチモグラから防御力を取って、残りの十二匹から素早さを取りましょう」

レクスは自分の中で知力を除いて一番低いステータスである防御力と、その次に低い素早さを取った。

「後は……」

ステータスを取った後はスキルを検討することにした。スキルの欄には『威嚇』と『掘削』とある。

「『威嚇』はあまり出番がありませんし、それに『威圧』っていう似たようなスキルがありますから、いらないですね」

レクスはそう口にすると、二十四体のツチモグラから『掘削』を選択した。

レクスのステータス画面は次のようになった。

○レクス
【L　V】44
【体　力】58638／58638　【魔　力】60032／60032
【攻撃力】65327　【防御力】70058
【素早さ】74538　【知　力】37856
【スキル】
『日常動作』『棒術・真（2／15）』『脚力強化（中）（0／10）』『威圧（中）（0／10）』
『突撃（2／10）』『水魔法（4／5）』『風魔法（5／10）』『飛翔（1／10）』
『共鳴・上（0／15）』『超重斬撃（1／10）』『植物魔法（1／5）』
『吸収・上（4／15）』『消化・上（4／15）』『攻撃力上昇《パワーリング》（0／10）』
『絶腕（0／10）』

【アビリティ】

『棒術・真』――『強硬』『器用』『強打』『魔力纏』『連撃』

『水魔法』――『初級魔法』

『風魔法』――『初級魔法』『中級魔法』

『飛翔』――『安定』『速度上昇』

『共鳴・上』――『反射』『効果範囲拡大』『密集』『増幅』

『超重斬撃』――『威力上昇』『重力纏』

『植物魔法』――『成長』

『吸収・上』――『体力吸収（7％）』『魔力吸収（3％）』

『消化・上』――『麻痺打ち消し』『毒打ち消し』『睡眠打ち消し』

『掘削・改』――『溝生成』『穴生成』


スキル『掘削』についていたアビリティを見て、レクスは眉根を寄せる。

「『溝生成』と『穴生成』ですか……どっちも使えるのかわかりませんが、まあ、その内役に立つ時が来るかもしれません」

その時――

「おーい、レクス！」

「おわっ⁉」

レクスを呼ぶ大きな声が聞こえた。

レクスが驚いて振り返ると、声の主はミーシャだった。彼女の近くにはエレナとレインがいる。

エレナはレクスのもとにやって来ると、心配するような顔つきで彼の顔を覗《のぞ》き込んだ。

ミーシャはやれやれといった様子でため息をつく。

「ったく、さっきからあたしが何度も呼んでるのに」

「すみません、気付かなくて」

レクスは申し訳なさそうに謝った。

「レクス、行こ……？」

エレナはレクスの袖を引っ張りながらそう言った。レクスは頷いて、冒険者ギルドへ向かおうとした。すると――

◇レインコボルト、個体名〝レイン〟のレベルが限界値に達したため、進化が可能になりました。

レクスの目の前にそんな画面が表示された。

「……？」

困惑しているレクスをよそに、画面は切り替わる。

◇進化先を選択してください。
・ゲイルレインコボルト
・レインコボルトキング

レクスは一層困惑する。

「進化先を選択？　レインのですか……？」

魔物が進化するなど初耳だ。

「レクス、何やってるの？」

横からミーシャの声が聞こえた。

「あ、いえ、レインの進化先を選べ、って画面が目の前に表示されてまして……」

「画面？」

「ええ」

「ちょっと可視化してくれない？」

ミーシャはレクスに言った。

「可視化？　っていうか、他の人から見えないんですね、この画面。どうすれば誰かにこの画面を見せられるんでしょう？」

レクスが尋ねると、ミーシャは〝あなた、そんなことも知らないの？〟とでも言うような表情でため息をついた。

「画面の右下に、不可視って表示されたコマンドがあるわよね？」

ミーシャに言われ、レクスは画面の右下を見る。

そこには確かに、不可視と書かれたコマンドがあった。

「あ、ありました。こんなところにあったんですねぇ。今まで気付きませんでした」

レクスは恥ずかしがるように頬を掻いた。

ミーシャは再度、呆れたようにため息をついた。

「そこを押せば、コマンドが可視って表示に変わるわ」

レクスはミーシャに言われた通りにそこのコマンドをタッチした。すると、コマンドの表示が不可視から可視に変わった。

「できましたよ」

「ちょっと見せて」

ミーシャはレクスの横から画面を覗き見た。エレナもミーシャとは反対方向から画面を覗く。レインはよくわかっておらず、大人しく座っていた。

「なるほどね……」

ミーシャは顎に手を当て意味ありげに頷くと、勢いよく言い放つ。

「あたしもよくわからないわ！」

ミーシャの言葉にレクスはガクッとうなだれた。期待を裏切られたような感じだ。しかし、ミーシャもわからないとなると八方ふさがりだ。

レクスはそう感じて頭を抱える。

「う～ん、どっちがいいんでしょう」

ゲイルレインコボルトか、レインコボルトキングか。

「ん？　そういえばこれって『見る』で詳細を見られるんでしょうか？」

アイテムやスキルの詳細を見られるならいけるはず。

レクスはそう思い『見る』を発動する。

「『見る』」


【ゲイルレインコボルト】

素早さに特化したレインコボルト。素早さのステータスは上がりやすいが、攻撃力のステータスは上がりにくくなる。また風魔法が強力。レベルは上がりやすい。

【レインコボルトキング】

万能型のレインコボルト。スキルを多く獲得し、ステータスも大幅に伸びるが、その分レベルは上がりにくい。

「う～ん、どちらも長所と短所があるわけですね。レベルを早く上げて、ステータスを伸ばしたいのならゲイルレインコボルトなのでしょうが……」

「わぁ……凄い。これ、鑑定のスキル……？」

エレナが横からそんなことを言ってきた。レクスは笑みを浮かべて答える。

「まあ、厳密には違いますが、似たようなものですね」

これはスキル『日常動作』の能力だ。鑑定とは少し違う。

「違うの……？」

エレナが小首を傾げて尋ねた。レクスはそれにこくりと頷く。

（まあ、エレナ達には『日常動作』のことを言っても大丈夫ですかね）

そう判断したレクスは、簡単に『日常動作』について説明した。

一通り聞き終えたところで、エレナが口にする。

「ふ～ん、そうなんだ……私も使えるようになりたい……」

それ以上何も言わず、再び視線を画面に戻すエレナ。

レクスは安心したような表情をすると心の中で思う。

（『日常動作』にはまだまだわからないことがありますしね。これ以上聞かれなくて良かったかも

です）

それから気を取り直して画面を見る。

「レインコボルトキングですか……」

レクス的にはこっちの方を選びたい。ゲイルレインコボルトよりもステータスの上昇が見込めるからだ。しかし、最後に〝レベルは上がりにくい〟とあり、これがレクスを迷わせていた。

「『日常動作』でレベルの上がりにくさを払拭《ふっしょく》できないでしょうか？」

ふと、そんなことを呟く。『日常動作』というスキルなら突破口が見えてくるかもしれないと考えたのだ。

（僕がいつも日常的にやっていて、なおかつレベルを上げられそうなもの。レベルを上げる……上げる……）

そう考えつつしばらく唸っていたレクスは、やがてハッと何か思いついたような表情を浮かべた。

「『育てる』！」

その直後、『育てる』が発動され、レクスの目の前にあった草は伸び、レクス達の身長を超えてしまった。突然何が起こったのかとエレナとミーシャは驚いていた。

これぞスキル『日常動作』の真骨頂《しんこっちょう》。レクスがイメージする何気ない動作がそのままスキルとなってレクスの想像通りの効果を発揮する。何ができて何ができないのかは、レクス自身にもまだまだ不明な点が多いが、彼の発想力にぴったりのスキルだった。

「これなら、いけるかもしれません」

レクスはそう口にすると、呆気に取られているエレナとミーシャをよそに、進化先にレインコボルトキングを選択した。

すると、レインの身体が突如光り始める。

「うわっ⁉」

「……⁉」

「きゃっ⁉」

レクス、エレナ、ミーシャはあまりの眩しさに思わず腕で目を庇う。しばらくして光が収まると――

「グルゥ‼」

そこには、レクス達よりもはるかに大きいコボルトがいた。大きさは、全長三メートルほど。そこらへんの魔物など、踏み潰せそうな迫力がある。

「こ、これは……」

レクスは、進化したレインがこんなに大きくなるとは思っておらず、目を見開いて驚いていた。

エレナ、ミーシャは唖然とした表情を浮かべている。

「『見る』」

レクスはとりあえず、レインが進化してどのくらい強くなったのかを調べるために『見る』を発動した。レクスの前にレインのステータスが画面が出現する。

○レインコボルトキング
【ＬＶ】１
【体力】４６０８９／４６０８９　【魔力】４９７８４／４９７８４
【攻撃力】４３２７９　【防御力】３９７０３
【素早さ】５１０６９
【スキル】
『脚力強化（上）』『威圧（上）』『突撃ＬＶ３０』『水魔法ＬＶ２４』『火魔法ＬＶ１』
『風魔法ＬＶ１』『王の威厳《いげん》』『思念伝達』

「おお……」

進化前に持っていた『脚力強化』と『威圧』がさらにパワーアップしていた。また、新たに『火魔法』と『風魔法』が加わり、進化する前よりも格段にステータスが上がっている。

レクスが画面を下の方までスライドしていくと、『王の威厳』『思念伝達』というスキルが目についた。

『思念伝達』はまだしも『王の威厳』は字面だけではどんな効果かわからない。

「ちょっと『見る』で調べてみましょうかね。『見る』」

レクスが再度『見る』を発動すると、それぞれのスキルについての詳細が表示された。

【王の威厳】

このスキルを所持している者やその仲間のステータスを２０％強化するスキル。

【思念伝達】

相手に思念をとばし、声に出さなくても会話ができる。

秘密の話をしたい時には便利かも？

「へえ、どちらも便利そうですね。レインのスキルで僕のステータスを強化できるというのは魅力的です。『思念伝達』は、声に出さなくても会話できる……レインと話せるということでしょうか……!?」

すると――

《ご主人、ご主人。聞こえる？》

頭の中に幼い男の子の声が響いた。

従魔のスキルは主人も使えるので、レクスはレインのスキル『思念伝達』を使い聞き返す。

《そ、その声は……レインですか？》
《そうだよー》
巨体に似合わぬ、可愛い声で答えるレイン。
《やっとご主人と話せたー。今までずっと話せなかったから、嬉しー》
レクスは照れくさくなってしまった。
その後しばらくレインと他愛もないことを話していると、ミーシャがくいくいっとレクスの袖を引いた。
「ねえねえ、レクス」
レクスは〝なんですか？〟とミーシャを見る。
「レインが進化したのはいいけど……このままじゃ町に入れないわよ」
ミーシャはどうするの？　と言う。
(そういえばそうですね。どうしましょうか)
《それなら大丈夫だよー》
『思念伝達』を発動したままだったので、レクスの思っていたことが漏れていた。
すると、レインの体がみるみる内に縮んでいき、進化前の大きさに戻った。
《これなら大丈夫でしょー》
《そうですね。これなら町にも入れそうです》

レクスはレインの大きさを見て、答える。

ミーシャも、小さくなったレインの姿を見て納得した。

レクスは二人に声をかける。

「ミーシャ、エレナ。行きましょう」

「ええ、そうね……」

「うん……」

二人とも疲れたような様子でそう言った。レクスは不思議に思って尋ねる。

「どうしたんですか？　二人とも」

「驚きすぎて疲れたわ……」

「……うん」

その後、レクス達は冒険者ギルドへ向かうのだった。


冒険者ギルドで依頼達成を報告し、現在レクスはネスラ家の自分の部屋にいた。

「もうっ。心配させないでほしいわ。ったく……」

ミーシャが頬を膨らませて言った。

「すみません……」

レクスは自室のベッドの上に横たわっており、申し訳なさそうに謝った。

というのも、冒険者ギルドから屋敷に帰った後、レクスは早速『育てる』をレインに試し、その結果〝魔力欠乏《マナエンプティ》〟に陥ってしまったのだ。そんなわけでこうしてベッドに横たわる羽目になっている。

『育てる』は、対象に与えた経験値――要は育てた分だけ行使者の魔力を吸い取るらしい。

レインのレベルは四上がったが、これを使う度にこうなっては敵《かな》わないので、毎日一定量の魔力を注いで、少しずつレベルを上げていく方針に決めた。

「レクス……無理しないで……？」

エレナが心配そうな表情でレクスの顔を覗き込んだ。

「本当にすみません……」

レクスは再度申し訳なさそうに謝った。

（まあ、魔力はすぐ回復しますが、体を酷使したらいつかツケが回ってきますからね。でも、このままだと不便ですから『回復』させましょうか）

「『回復』」

レクスの体が淡い緑色の光に包まれた。しばらくして光は収まっていき、やがて消滅した。

先ほどまで感じていた倦怠感《けんたい》は魔力が回復した途端なくなった。

（本当に『回復』は便利ですね）

体調が万全になったレクスがベッドから下りようとすると――

「ダメ……！」

エレナは頬を膨らませて、レクスを再びベッドに寝かす。

「エ、エレナ。もう回復しましたし、大丈夫で……」

そこへ、ミーシャが告げる。

「レクス、まだ休んどきなさい。いくら魔法？　いや、魔力が切れてるからスキルだと思うけど、それで回復したといっても多少の疲れは残ってるでしょう？　明日だって試合があるんだし」

彼女もなんだかんだ言いつつ、レクスが心配だった。

（ここまで言われたら、今日は休むしかないですね……）

レクスは苦笑いすると、ベッドで仰向けになり目を閉じる。そのまま、深い眠りに就くのだった。

＊＊＊

「レクス～、ミア～、ご飯よ～！　早くいらっしゃい～！」

「はーい」

「はーい！」

これはまだ幼い頃、レクスが故郷のクジャ村にいた時の記憶。適性検査を受けるずっと前のことだ。

レクスには二つ下の妹、ミアがいる。兄のレクスのことを慕っており、どこに行く時もレクスについてきた。

「いただきまーす」

家族全員で揃って食卓を囲み、各々料理に手をつける。

食事中はその日あった出来事や将来こんな風になりたいなど、様々なことが話題になった。

レクスの両親は子供達の他愛もない話を料理を食べながら、楽しそうに聞いていた。


そこで場面が切り替わり、今度は適性検査を受け終えた後。

「おい見ろよ、あいつ無職だってさ」

「ステータスもゴミだってよ！」

「無職？　何それ？　ギャハハハハ！」

心ない声が容赦《ようしゃ》なくレクスに突き刺さる。レクスは涙を流し、膝をついた。悔しくてたまらなかった。自分のステータスの低さを呪った。


また場面が変わり、何もない真っ白な空間にレクスの両親が現れた。レクスは両親がそばに来てくれると思った。しかし、予想とは裏腹に両親はレクスに背を向け、去っていく。

――行かないでください！　お母さん！　お父さん！

レクスは手を伸ばすが、彼らには届かない。レクスはひたすら〝行かないでください！〟と叫び続けた。

その時――

ギュッ……

何か温かいものがレクスを包んだ。

――もう一人じゃないよ。

そう言われているような気がした。

（ああ……そう、ですね。僕にはもうエレナやミーシャ、レインがいます。学園で友達もできました。もう一人じゃありませんね……）

レクスはふっ……と柔らかく微笑んだ。

＊＊＊

「ん……」

翌日、レクスは目を覚まし、ベッドの上で起き上がる。

カーテンの隙間からわずかに光が漏れている。エレナとミーシャに安静にしているように言われて横になった後、レクスは夕食を食べずに眠ってしまっていた。

おかげでレクスは今、物凄くお腹が空いていた。

「ん……？　エレナ……？」

レクスがふと視線を動かすと、エレナが彼の左手を両手で包み、顔だけベッドにのせて安らかな寝息を立てているのが目に入った。

レクスは一瞬戸惑ったが、先ほど見た夢を思い出し苦笑した。

「エレナ、ありがとうございます……」

レクスは、エレナの頭を撫でてそう呟いた。彼女の髪は雪のようにさらさらで、触り心地がいい。

「レクス……私がいるから……大丈夫……」

レクスがエレナの頭を撫でていると、エレナがムニャムニャとそんな寝言を口にした。レクスは頬を緩める。

「そうですね……もう、一人じゃありません」

レクスはエレナの頭をポンポンと叩いて、彼女が起きないようにそっと部屋を出ていった。


すっかり元気になったレクスは朝食を食べ終え、ネスラ家の屋敷を出るところだ。

「じゃあ、行ってきます」

「行ってらっしゃい、レクス。試合、見に行けなくてごめんね」

フィアが申し訳なさそうに言った。

（まあ、残念ですが、勝ち続ければ見に来られる時もあるでしょうしね）

レクスがそう考えていると、ミーシャとレインが声をかけてくる。

「レクス、勝ちなさいよ！　あたしが見に行ってあげるんだから！」

《ご主人、ファイトー》

ちなみに、エレナは未だ熟睡中らしく、レクスの見送りには来なかった。

（エレナとミーシャとレインが応援に来てくれるのは、心強いですね。とはいえ、初戦で優勝候補を倒してしまいましたし、僕って周りから見れば異常に強いらしいですし、たぶん誰が相手でもいい勝負ができると思いますが）

レクスはそう考えつつ、フィア、ミーシャ、レインに向かって手を上げる。

「じゃあ」

そう言ってレクスは屋敷のドアを開け、シルリス学園へ向かった。


「さあ、本日の第四試合、レクス選手対レイラン・リアム選手ぅ！　レクス選手は、今大会の初戦で優勝候補と言われたミーハ選手を破っています！　今大会のジョーカーと言ってもいいでしょう！　対するレイラン選手も負けていません！　レイラン選手は一年生にして、ミーハ選手に次ぐ強さを誇るロンド・リィーシャ選手を破っています！　十分に期待できるでしょう！」

レクスは現在、フィールドで対戦相手であるレイランと向かい合っていた。

長々としたアナウンスが終わると、会場が静寂《せいじゃく》に包まれ、場を緊張が支配する。

「では……」

女性教師が手を上げると同時に、杖を構えるレイラン。さすが、上級生を破っただけあって、隙のない構えだ。対するレクスはリラックスした構え。こちらは何も持っていない。

「始め!!」

女性教師が手を下げ、試合開始を宣言した。

「『大炎弾《グロースフレイムバレット》』!」

そう口にして、先に攻撃を仕掛けたのはレイラン。

いきなり詠唱が必要ないスキルによる攻撃だ。レイランはレクスが自分より何倍も強いとわかっていた。だからこそ、レクスが攻撃する隙を作らせない作戦に出たのだ。

「おーっと、レイラン選手ぅ! 早速スキルによる攻撃をかましたぁ!」

普通の『炎弾《フレイムバレット》』よりも一回り以上大きい火の弾《たま》が複数、レクスに襲いかかる。

「『水壁《アクアウォール》』!」

しかし、それらはレクスに到達する前に、レクスがスキルによって作り出した水の壁に阻まれて消滅した。だが、レイランの本命は『大炎弾《グロースフレイムバレット》』ではなかった。本命は下――地面だ。

「『土刺突出《アースエスピーナ》』!!」

レイランがスキルを発動すると、レクスの周辺の演習場の床が盛り上がった。そして、その鋭く隆起した地面はレクスに襲いかかる。

「『飛翔』！」

レクスは『飛翔』を使い『土刺突出《アースエスピーナ》』を回避。

それを見たレイランは目を見開いた。

（あれって風属性上級魔法の『飛行《フライ》』!?　身体を安定させるのが難しいはずなのにあんなに易々と……しかも、速すぎて見えないわよ!?）

観客達も同様で、レクスの速すぎる移動速度に度肝を抜かれ、シーンとしていた。レクスが使ったのは『飛行《フライ》』の上位互換である『飛翔』。『飛行《フライ》』よりも速く動くことができる。

「『炎撃《フレイムショック》』！」

レクスはレインが進化してから使えるようになった『火魔法』を発動した。使うのは今日が初めてだ。レイランが驚いている隙を狙って放った。

魔力を込めてそれに炎属性を付与しただけの攻撃。シンプルだが、一番威力の加減がしやすい魔法だ。レクスは学園での授業を思い出し、万が一にも相手に大怪我させないよう威力を調整した。

（『火魔法』はまだ覚えたてですし、僕の攻撃の中では一番威力が低いはずですからね。ちょうど良いと思います）

レクスの『炎撃《フレイムショック》』は、一本の綺麗な線となってレイランに襲いかかる。加減しているとはいえスピードは凄まじく、レイランには詠唱している暇などない。

レイランは魔法ではなく、三つ目のスキルを発動した。

「『硬壁《ハードウォール》』！」

レイランの目の前に鋼鉄の壁が現れた。スキルを三つも持っているのは稀なので、観客達は驚く。

これなら……と、レイランが思った矢先――

「なっ……⁉」

レクスの『炎撃《フレイムショック》』は勢いそのままにレイランの『硬壁』を突き破り、彼女を直撃した。レイランは吹き飛ばされ、防御陣の耐久値を一気に削られた。

ドゴオオオォォォォン‼

レイランは演習場の壁に激突し、そのままずるずると地面に落ちる。

「くっ……そ……」

呻き声を上げ、力尽きたように倒れた。

「第四試合、勝ったのはレクス選手だぁーー‼　今回も試合開始からわずか数分で決着がつきましたぁ‼　いやぁ、今年の大会はまだまだ大波乱が続きそうですーーーー」

そんなアナウンスが会場に響き渡り、同時に歓声も上がった。

レクスは演習場のフィールドを後にし、同じ魔法の部に出場するルリの待つ観客席に向かったのだった。

第四章　危機

レクスとレイランの試合が行われたのと同日――

「じゃあ、これより、鬼人《オーガ》討伐における隊編制を決めていくわ。いつどのような状況に陥ってもすぐに対処できるように、中隊、大隊をそれぞれ決めていくから」

フィアの言葉に、ディベルティメント騎士団の詰め所の会議室に集められた十五人の小隊長は頷いた。フィアの横には副団長であるロードリックがいる。

「じゃあ、まず第一中隊。ここには攻撃力の高い小隊を固めておこう。バラバラに配置するよりチームごとに固めた方が動きやすいだろうからね。ということで、第一小隊と第四小隊、第五小隊で頼むわ」

「「「はい！」」」

それぞれの小隊長達は、フィアの言葉に小気味いい返事をした。

「よし。じゃあ、次は第二中隊だけど、ここには防御力に長《た》けた奴が多い小隊を纏める。いざという時にスイッチして攻撃を防げるように、第二小隊と第三小隊、第十二小隊で頼むわ」

「「「はい！」」」

「じゃあ、次は第三中隊……」

このような感じで会議は進んでいき、隊の編制が決まったのだった。


「はぁ、遅くなっちゃったわ……」

フィアは皆がいなくなった後の会議室の窓から外を見て、疲れたようにため息をついた。日は既に傾いており、空は朱色に照らされていた。

フィアが隊編制を決めた後、作戦についても話し合うことになり、かなり時間がかかってしまった。

鬼人《オーガ》の討伐は明後日。

明日は騎士団の連携の確認と、冒険者ギルドに出向いて改めて計画を確認しなければならない。

自然ともう一度ため息が出る。

「試合、見に行きたかったなぁ……レクスの戦う姿、ちゃんと見たことないし」

フィアの声が、誰もいない会議室に響いたのだった。


「ただいまー……」

フィアはネスラ家の屋敷のドアを開けて、疲れた様子で言った。

「「「「「「お帰りなさいませ、フィアお嬢様」」」」」」

いつも通り、六人のメイドが玄関で迎えてくれた。

「フィアお嬢様、本日も職務お疲れ様です」

メイド長のシュレムがフィアを労《ねぎら》った。フィアが脱いだ上着を受け取る。

「はぁ……ねえ、シュレム。レクスから今日の試合はどうだったか聞いてる？」

フィアはため息をつくと、気持ちを切り替えて聞いた。願わくは勝っていてほしい……そんな思いを込めて。

「ええ。勝ったそうですよ、レクス君」

シュレムは顔を綻《ほころ》ばせて答えた。

フィアは内心歓声を上げる。

（やったっ……！　これでもう一回くらい勝ってくれれば試合を見に行ける！）

もちろんメイド達の手前、喜びを顔に出すことはできない。フィアは自室に戻ったら目一杯喜ぶつもりだ。

「そう……」

それでもホッとしたように息を吐くフィア。完全には抑えきれない。

「フィアお嬢様、良かったですね」

シュレムはそんなフィアの心を見透かすようにそう言う。

その顔にはいたずらっぽい笑みが浮かんでいる。

「ええ、そうね。良かったわ」

フィアは微笑み返すとそそくさと自室に行き、ベッドの上を転がって喜んだのだった。

＊＊＊

騎士団の詰め所での会議から二日が経過し、いよいよ鬼人《オーガ》討伐の当日の夕方――

レクスがちょうど試合を終えている頃、フィア達は鬼人《オーガ》がいるという、ユビネス大森林帯の深奥の洞窟の近くにいた。

近くとは言っても、洞窟まではもう少しある。あまり近づくと、鬼人《オーガ》に見つかってしまうからだ。

「騎士団長殿、準備はいいか？」

冒険者ギルドマスターのオーグデンがフィアに問う。

「……ええ、いいわよ」

フィアはそう答えたが、その顔は不満げだ。

「お、おう……そうか」

オーグデンは、どうかしたか？　と聞きたかったが、なんとなくやめておいた。

「じゃあ、行くぞ。俺達が先行して入っていくから、騎士団は後からついてきてくれ」

オーグデンは、Sランクパーティのクラウス、ランドルフ、それに四英雄と呼ばれるローザ、リュー、エル、ダミアンの四人を引き連れ、洞窟に入っていった。

フィアも騎士団総勢百名近くを率い、後に続く。

「いないな……何も」

オーグデンは洞窟の中腹辺りまで来たところで呟いた。洞窟の中なので声が響く。

「ええ……」

フィアは警戒を解かずに、周囲を見回した。

先ほどから鬼人《オーガ》を探しているのだが、一向に姿が見当たらない。何かが生活していたような痕跡《こんせき》はある。つい最近まで、ここを棲み家としていたのは間違いない。

「くっそ……棲み家を変えやがったのか？」

毒づいたのは、Sランクパーティ、クラウスのリーダーであるテイラー。

(確かにその可能性が高いかもしれないわ。でも、ちょっと妙なのよね。食べかけの魔物の死体が放置されていたり、鬼人《オーガ》の死体が所々に転がっていたり……まるで、何かに襲われたような……)

フィアがそこまで考えた時だった。

「ウゴアアアァァァァ!?」

洞窟の奥の方から咆哮《ほうこう》が聞こえた。声からして明らかに魔物。全員、臨戦態勢を取り、一層警戒する。

ドサッ……

何かがオーグデンの足元に飛んできた。

「なっ……!?」

それは瀕死《ひんし》の鬼人《オーガ》だった。体中傷だらけだ。それに、これはただの鬼人《オーガ》ではない。

オーグデンがその鬼人《オーガ》を鑑定して呟く。

「鬼人皇帝《オーガエンペラー》……？」

鬼人皇帝《オーガエンペラー》とは、数百年に一度現れると言われている、最悪の魔物――魔獣だ。

その強さは四英雄に匹敵する。それをいとも容易《たやす》く倒した別の〝何か〟が、この奥にいるということになる。

オーグデンの呟きを聞き、討伐隊全員が動揺する。

しばらくすると、奥から〝何か〟が出てきた。洞窟が薄暗いため、フィア達がいる場所からではよく見えない。

やがて、その〝何か〟は輪郭がはっきりと見える距離まで近づいてきた。

「毒蜘蛛女《アラクネ》だと……!?」

オーグデンが思わず声を漏らした。

下半身は八本脚という蜘蛛《くも》のような特徴を持ち、上半身は人間の女性の体を持つ最凶最悪の魔獣――毒蜘蛛女《アラクネ》だ。

「あら～？　今度の獲物は数が多いわね～」

アラクネは舌なめずりして嗤《わら》った。

「『全鑑定』」

オーグデンは急いでアラクネを鑑定する。

○毒蜘蛛女《アラクネ》
【Ｌ　Ｖ】２７
【体　力】１２７５４／１２７５４　【魔　力】３７６９４／３７６９４
【攻撃力】５３４９２　【防御力】２０９６８７
【素早さ】７９７５１　【知　力】６９８４７
【スキル】
『操糸《そうし》ＬＶ２５』『猛毒噴射ＬＶ１７』『猛毒付与ＬＶ１６』『硬鋼ＬＶ２８』

「ちっ、レベルが低いのにこのステータスか……」

オーグデンは舌打ちしながら呟いた。

レベルが低かったのは不幸中の幸いだったが、ステータスが高すぎる。

とはいえ、体力や魔力はそこまでではない。問題は防御力だ。

防御力は四英雄のステータスの倍以上あった。これではまともに攻撃が通らないだろう。

加えて、防御力を強化するスキル『硬鋼』なんてものがある。厄介なことこの上ない。

「気をつけろ！　奴は猛毒系のスキルと操糸を持っている！」

オーグデンは皆に警告した。アラクネは有名な魔獣であり、スキルも冒険者であれば知らない者はいないほどだが、念のためだ。

「へえ、『全鑑定』ねぇ……」

アラクネは、オーグデンのスキルに感心したような素振《そぶ》りを見せた。

「おい、行くぞ」

いつも気だるげなリューが、珍しくはきはきとした声で言い、さらに続けて言う。

「ダミアンとエルは俺と一緒にあのデカブツに攻撃を仕掛ける。ローザは後方から援護を頼む」

「わかった」

「了解」

「了解よ！」

ダミアン、エル、ローザはそれぞれ返事をした。

リューがアラクネに向かって突っ走る。

エル、ダミアンがリューに続く。

フィアが隊全体に指示を飛ばす。

「第一中隊、第二中隊、アラクネの背後へ！　第三中隊、第四中隊はアラクネを取り囲んで！」

ディベルティメント騎士団のメンバーは即座に態勢を整えた。皆、手足は震えていたが、この場から逃げる者は一人もいない。ここを通せば、王都に向かう可能性だってあるのだ。最悪、市民に被害が出るかもしれない。それだけは避けたい。

「『断裂斬《だんれつざん》』！」

「『速十字斬《そくじゅうじざん》』」

「『閃烈《せんれつ》』」

リュー、エル、ダミアンがそれぞれ、アラクネに攻撃を仕掛ける。三人とも、アラクネの体で唯一軟《やわ》らかそうに見える腹の部分を狙った。しかし――

ガキィン！　ガキィン！　ガキィン！

攻撃は全く通らなかった。それどころか、アラクネの体の硬さに手が痺れてしまったほどだった。武器は幸い折れていない。

「皆、下がって！　『聖光砲《ホーリーキャノン》』！」

ローザはそう言うと一筋の強烈な光を放った。それは凄まじい勢いでアラクネに向かい直撃したが、アラクネの体を貫くことはなく霧散してしまった。

「ふぅ～……マッサージにもならなかったわぁ」

気だるげにあくびをしながら言うアラクネ。

四英雄の攻撃が全く通じなかったことに、驚きを隠せない騎士団とSランクパーティの面々。皆の首筋を冷や汗が伝う。

「じゃあ、次はこっちの番ね」

ニヤリと不気味に嗤いながら、アラクネが告げた。

そして、アラクネによる蹂躙劇《じゅうりんげき》が幕を開ける――

＊＊＊

フィア達がアラクネと交戦している頃――

「ただいまー」

「「「「「「お帰りなさい、レクス君」」」」」」

ネスラ家に帰宅したレクスを、いつも通り六人のメイドが迎えた。

「レクス君、今日の試合はどうでしたか？」

シュレムが他のメイド達よりも一歩前に進み出て尋ねた。

「勝ちましたよ」

「そうですか……」

シュレムは心の中でフィアに言う。

(良かったですね、フィアお嬢様。レクス君の試合、見に行けますよ)

まだ彼女は帰ってきていない。今日はユビネス大森林帯の深奥の洞窟で、鬼人《オーガ》の討伐をするのだと言っていた。

フィアが出かけてから二時間以上が経過しているので、もうそろそろ帰って来るはずだと、シュレムは踏んでいた。

レクスが尋ねる。

「ところで、フィアさんは今どちらに？」

「フィアお嬢様でしたら、今日は騎士団の仕事でこちらにはいません」

「騎士団の仕事……？」

「ええ、ユビネス大森林帯の洞窟に棲みついた鬼人《オーガ》の討伐だそうで」

「ああ……討伐ですか」

レクスはそう言うと頭の中で考える。

(それなら納得ですね。それにしても討伐ですか……フィアさん、無事だといいんですが。まあ、フィアさんは強いのでさっさと帰ってきそうですけどね)

すると、シュレムが尋ねる。

「ところでレクス君、夕食を用意してありますけど、どうします？」

フィアはいつ帰ってくるかわからないから、先に食べるか、ということだろう。確かにお腹は空いているが、レクスは皆で揃って食べたかった。

「いえ。フィアさんが帰ってきてからで」

「わかりました。では、フィアお嬢様が帰ってきたらお呼びしますね」

シュレムと少し話した後、レクスはエレナ達が待っている自室へ向かった。


「苦いいいいぃぃぃぃ!?」

レクスが自室のドアを開けて中に入った途端、ミーシャの悲鳴が部屋に響いた。エレナは、ミーシャのすぐ横でしてやったり、といった表情を浮かべている。

「……どうしたんですか？」

レクスは、悶《もだ》えるミーシャに事情を尋ねる。

「うぅ……エレナに超苦い魔力を吸わされたのよ……」

苦しそうに答えるミーシャに続いて、エレナは鼻で笑いながら言う。

「ふっ……騙《だま》されるミーシャが悪い……」

以前、エレナが自分の魔力を吸うようミーシャに言っていたのは、このいたずらを仕掛けるためだった。最近、何かとレクスにくっつくミーシャに妬《や》いていたのだ。

レクスは納得しつつ口にする。

「ああ、なるほど……大体わかりました。っていうかエレナ、魔力って苦くできるんですか？」

「……魔力を調節すればできる……」

「そうなんですか。その話、詳しく教えてください」

エレナはコクコクと頷いた。

（やたら魔力を吸いたがるミーシャを抑制できるかもしれませんし……）

レクスがそんなことを考えていると、レクスの考えを察したらしいミーシャが悲痛な声を出す。

「ちょっ、レクスぅ～……」

しかし、レクスは気にもとめず、エレナに魔力を苦くする方法を教えてもらうのだった。

しばらくして、ミーシャは希望を失ったかのように大袈裟に肩を落として声を上げる。

「レクスはそんな奴じゃないって信じてたのにぃ～……！」

「ミーシャが変なことをしなければ、苦い魔力なんて吸わせませんよ」

レクスがそう言うと、エレナの瞳が若干輝きを取り戻した。

「本当……？」

「ええ、変なことをしなければ、ですが」

レクスが強調するように繰り返すと、ミーシャの瞳に光が完全に戻った。

ミーシャは目をキラキラさせ、レクスの右手を両手で掴みながら言う。

「本当よね？　約束よ！」

「え、ええ……」

レクスは押され気味に頷くのだった。


「遅いですね、フィアさん」

「そうね、いつもならもうちょっと早いのに」

「うん……」

レクスが帰ってきてから既に二時間が経過していた。

いつものフィアなら遅くてもこの時間帯には帰ってくるはずなのだが、一向にその気配がない。

「もしかして……」

レクスはフィアが鬼人《オーガ》にやられてしまったのではないか、という最悪の事態を思い浮かべてしまった。

「いやいや、フィアさんに限ってそんなこと……」

レクスは頭を振ってその考えを否定する。しかし、不安なものは不安だ。

「どうにかして、フィアさんの安否を確認する方法はないのでしょうか？」

不安を払拭するにはそうするのがいい。

（う～ん、安否の確認……確認……ダメですね、視点を変えないと。安否……行方……あっ！　これなら、どうでしょう！）

「『探す』！」

すると、レクスの脳内に映像が浮かび上がった。どういう理屈かわからないが、探したい場所をイメージすることで、その場所の映像が頭に流れ込んでくるようだ。

それからレクスは脳内に浮かび上がる映像を辿り、フィアのいるであろう洞窟を探すことにした。

「確かユビネス大森林帯の洞窟って言ってましたから……」

しばらくして、それらしき洞窟を発見し、さらに映像を辿っていくと――

「なっ⁉」

そこには何やらでかい化け物がおり、オーグデン達レクスの知り合いが戦っていた。それも苦戦している様子だ。

その中にはもちろんフィアもいて、無事ではあるものの剣を持って立っているのがやっとという状態に見える。いつ倒れてもおかしくなさそうだ。

「早く助けに行かないと……！」

レクスは『探す』を解除し、急いで立ち上がって自室を出ようとする。

すると、ミーシャとエレナ、そしてレインまでもがレクスを止めてきた。

「レクス、フィアを助けに行くんでしょう？　あたし達も行くわ」

ミーシャはレクスの肩を掴んでそう言った。

レクスは迷った。本音を言えば、連れていきたくない。巻き込みたくないのだ。だから、そのまま部屋を出ようとした。

今回の相手は相当強敵らしい。自分より強いオーグデンやリュー達が苦戦しているのだ、下手をすれば死ぬかもしれない。

「レクス……連れてって……」

今度はエレナがそう言ってきた。彼女の表情には、確かな決意がある。

《ご主人、僕もお供するよ〜》

こんな緊迫した状況にもかかわらず、レインはいつも通りだ。

レクスは覚悟を決めた。

「わかりました。ですが、無茶はしないでくださいね？」

「それはあなたよ、レクス」

ミーシャは呆れたように言い返す。エレナとレインも同意見らしく、うんうんと頷いていた。レクスは思わず苦笑する。

「さて、行きましょう。フィアさん達を救いに」

レクス、エレナ、ミーシャ、レインはそれぞれ頷き合うと、フィア達のいる洞窟へ向かった。

＊＊＊

「くっ……どうすれば……」

フィアは鋼でできた愛剣を構え、アラクネを見据えて歯ぎしりした。

先ほどから硬すぎる防御力のせいで一撃も攻撃が入らないのだ。しかも、アラクネの攻撃によって騎士団はほぼ壊滅状態。Sランクパーティのクラウスとランドルフのメンバー達も、なんとか立ってはいるがもう限界に近い。

四英雄とオーグデンだけが、未だアラクネと交戦していた。

『操糸』『猛毒付与』

アラクネから大量の糸が吐き出され、四英雄達に襲いかかる。彼らはそれを避けてなんとか凌《しの》いだ。だが、戦況は徐々に厳しくなっている。

「があぁぁぁ!?」

リューがアラクネの硬く鋭い糸を胸に食らい、悶える。

「彼の者に安らぎを……『状態異常回復《エキストラヒール》』！」

ローザが即座に詠唱し、リューに魔法をかける。猛毒は回るのが速い。詠唱の時間が明暗を分けるのだ。

「わりぃな、ローザ」

「はぁはぁ……え、ええ……」

ローザの魔力も限界に近いのか、呼吸が荒い。ダミアンとエルとオーグデンも息が上がっている。

このままでは勝ち目は薄いだろう。

（ごめん、皆……無事に帰れそうにないや……）

フィアは心の中でレクスや家族に謝り、叫びながらアラクネに突っ込んだ。

＊＊＊

レクス達は現在、ユビネス大森林帯の中を急いで進んでいた。

ネスラ家を出る直前、シュレムや他のメイドに見つかったが、心配させたくなかったので、素材の換金を忘れたからギルドに行ってくると嘘をついた。

「洞窟が見えてきたわよ！」

ミーシャが皆に聞こえるように言った。レクス達の数百メートル先に、小さな洞窟が見えてきた。

（間に合ってください……！）

レクスは一秒でも早くフィアのもとへ辿り着くべく必死に走る。エレナとミーシャとレインもそのスピードになんとかついていく。

そのままの勢いで洞窟に飛び込み、中を進むと――

「……!?」

辿り着いた先には、アラクネがいた。アラクネの周りには、ディベルティメント騎士団のメンバーやレクスの知らない冒険者達——Sランクパーティ、クラウスとランドルフのパーティメンバーが力尽きたように倒れている。幸い、全員息はあるようだ。

レクスはアラクネには目もくれず、フィアの姿を探す。しばらくして、奥の方にある岩にもたれかかっているフィアを発見した。

「フィアさん!!」

レクスは急いで駆け寄った。フィアは生きてはいるものの、呼吸は絶え絶えだ。

「坊主……なんで……ここに……」

なんとか意識を保ってアラクネに向き合っているオーグデンが、レクスを見て言った。リューやローザやエル、ダミアンも同じような顔をしている。

「レ、クス……なんでここに来たの……逃げ……て……」

フィアは絞り出すような声で言った。自分の体に限界が来ている状況でも、レクスのことを心配してくれる。自分の身よりもはるかに。

「『回復』!!」

レクスはフィアの言葉に従わず、『回復』を発動した。

すると、淡い緑色の光がフィアの体を包んでいく。やがて、それが収まるとフィアの呼吸は落ち着き、彼女はそのまま気絶した。体の傷が全て癒えたことを確認したレクスは、安堵の息を吐いた。

「『回復』」

続いてレクスはオーグデン達や負傷して気絶している騎士達に『回復』をかけた。

「おお……力がみなぎってくる……！」

「本当だわ。凄い……！」

オーグデンとローザが呟いた。リューとエル、ダミアンも二人と同様の反応だ。

それからレクスはアラクネに向き直り、尋ねる。その顔には怒りが滲《にじ》んでいた。

「……あなたですか、フィアさんを苦しめたのは」

「あらあら～。そんなに怒り狂っちゃって……なんて可愛い坊やなの？　その顔が恐怖に染まるかと思うと、ゾクゾクしちゃうわぁ～」

アラクネはニヤリと不気味に嗤った。目には恍惚《こうこつ》の光が見える。

「うるさい。黙れ」

レクスらしくない高圧的な口調だ。

「ミーシャ、行きますよ」

「オッケーよ！」

ミーシャは即座に頷いた。

ミーシャの体が光に包まれ、魔剣と化す。レクスはそれを手に取ると、アラクネを見据え、剣先を彼女に向けて構える。

「僕は必ずあなたを倒す」

「へぇ、坊や。口は達者じゃないの……!!」

アラクネは、怒ったような口調になる。

「私に挑んだこと、後悔させてあげる」

こうして、レクス対アラクネの戦いの幕が上がった。

「エレナ、援護、頼みますよ!!」

「わかった……」

レクスは疾走し、アラクネとの距離を詰める。

(なっ!? この坊や予想以上に速いわ!)

アラクネは目を見開いた。それでも、ぎりぎりレクスを視界に捉えていた。

「『攻撃力上昇《パワーリング》』『超重斬撃』!」

ありったけのスキルで攻撃力を上昇させるレクス。ちなみに、アラクネのステータスは既に『見る』で把握済みだ。

「なんかやばそうね!! 『硬鋼』!」

アラクネは自らの直感に従い、スキル『硬鋼』を発動。防御力を底上げした。

「はぁ!!」

レクスは魔剣に魔力を通し、『王の威厳』、『攻撃力上昇《パワーリング》』、『威力上昇』、斬撃の重さを操る『重力纏』をかけ合わせた一撃をアラクネに繰り出す。ステータス全体を底上げする『王の威厳』は、攻撃する際に自動的に発動するスキルだ。

狙いは……腹だ。

ガキイイィィィィィン!!

しかし、アラクネにダメージを与えられず、魔剣は弾かれた。

「くっ……」

腕が痺れたレクスはいったん離脱し、態勢を立て直す。

「ふぅ……危ないところだったわぁ～。坊や、予想以上に強いのね～。厄介だわぁ～」

アラクネは、おどけた調子で言った。

「次はこっちから行かせてもらうわぁ～」

アラクネは『操糸』『猛毒付与』を連続して発動した。大量の硬くて鋭い糸がレクスを襲う。

「我が命ず……無よ、結集して我が周りに障壁を築け……『周壁《サラウンドウォール》』!!」

レクスは一番燃費がいい無属性の魔法を発動した。ヴォン！　と音を立てて、レクスの周りに透明なドーム状の障壁が出現する。

ガキィガキィガキィガキィ!!

レクスが展開した『周壁《サラウンドウォール》』は全ての糸を弾いた。自らの攻撃を全て防がれたアラクネは、面白くなさそうにちっと舌打ちした。

（さて、攻撃は凌ぎましたが、どうやってダメージを与えるかですね……）

酷い筋肉痛と引き換えに攻撃力をぐんと上昇させる『絶腕』を使えばアラクネにダメージを与えられるかもしれないが、直後に動けなくなったら困る。後のことを考えたら、最終手段にしたい。

となると、『絶腕』以外でダメージを与える方法を考えなくてはならない。

レクスは攻撃を防ぎながらしばらく考え、はっ！　と気付く。

（確か魔物は、魔力を体内に循環させることで体を動かしているはずです。魔獣も強さは違えど、魔物と体の構造は同じはず。ということは……！）

「『発散』!!」

レクスは、相手の魔力を強制的に排出させる『発散』を発動。すると――

「何、これ……？　何か、段々体から力が抜けていくような……!?」

アラクネは、力の源になる魔力が失われていく感覚に襲われた。

「くっ……『猛毒噴出』」

アラクネはなんとか踏ん張り、スキルを発動するが――

「……え？」

毒は微量しか出ず、アラクネは間抜けな声を漏らした。『猛毒噴出』は体内の魔力を使用して毒を生成する。レクスに魔力を抜かれている今、作り出せたのはほんの少しだった。

「『消化』」

その毒は、レクスの手から発射された透明な気体によって打ち消された。『消化』スキルのアビリティ『毒打ち消し』が発動されたのだ。

「あ……」

やがて、なす術《すべ》がなくなったアラクネは、ズウウゥゥウン……と重い音を立てて崩れ落ちたのだった。

「終わったのか……？」

呆然と戦いを見ていたオーグデンが、そう呟いた。四英雄もオーグデンの言葉ではっと我に返った。

「フィアさん……良かった、間に合って……」

レクスは再びフィアのもとに駆け寄り、ホッと安堵の息を吐いた。

あの時はロクに無事を確かめる暇もなかったのだ。意識を失ってはいるが、フィアの呼吸は安定している。

「レクス、強かった……私の出番はなかったね……」

エレナがレクスに歩み寄り言った。少し落ち込んでいるようにも聞こえる。

「……いえ。エレナが援護してくれるって思ってましたから、落ち着いてアラクネを倒すことができました。ありがとうございます」

レクスは微笑みながら、エレナを励ますように笑った。エレナは嬉しそうに顔を綻ばせた。

「結局、あたしは役に立たなかったわね」

《ご主人、強かったー。僕の出る幕なかったねー》

ミーシャは苦笑し、レインも普段通りの口調で『思念伝達』しながら集まる。

「そんなことないですよ。ついてきてくれただけでも嬉しかったです」

レクスはミーシャとレインに言った。

これはレクスの偽りのない本心だ。彼の言葉を聞いたミーシャは再び苦笑いした。レインも微笑んでいる。

「坊主……ありがとよ、助けてくれて」

レクスの後ろからオーグデンが声をかけてきた。話しかけるタイミングを窺っていたようだ。

オーグデンの後ろにはリュー、ローザ、エル、ダミアンの四人もいた。レクスは振り向いて応える。

「はい。なんとか間に合って良かったです」

(知り合いの人達が死ぬなんて、そんなのは嫌ですしね。本当に良かったです)

レクスがホッと胸を撫でおろしていると、リューが尋ねてくる。

「ところでレクス。さっきのはなんだ？　スキルか？」

他の四人も身を乗り出している。

(まあ、いつまでも隠してはおけないですし、知られちゃまずいスキルってわけでもないですから

ね。言っても大丈夫でしょう）

「ああ、さっきのは『日……』」

レクスがそう言いかけた時――

「んぅ……あれ、俺は確か毒を食らって……？」

気絶していた騎士団員の内の一人が、目を覚ました。そして、自分の体を見て、なんの異常もないことに驚いていた。

他の騎士団員達も次々に起き始め、先の騎士団員と同じような反応をした。

「……話はとりあえず後だ。騎士団員達に事情を説明しに行くぞ。坊主、お前も一緒に来い」

オーグデンの言葉に四人とレクスは頷いた。

その時――

「個体の魔力枯渇《こかつ》を確認。別の経路を模索開始」

倒れているアラクネから、機械のような声がした。とはいっても、アラクネの口から発せられたわけではない。

それは体内から聞こえており、その音声で緊張が高まった。

「……主要部位に直接接続。回路の形成完了」

そんな音声が聞こえたかと思うと、アラクネが急に動き出した。

「なっ……!?」

倒したはずのアラクネが、再び立ち上がったのだ。他の者も驚いている。

「ふふふ……坊や……さっきはよくもやってくれたわね……」

先ほどと同じねっとりとした声音に戻ったアラクネはレクスを睨み、嗤いながらそう言った。そして周囲を見回すとさらに続ける。

「あら？　さっき私の毒で倒れたはずの人間まで回復してるわぁ～。これも坊やが？　まあ、いいわ。今度こそ皆殺しにしてあげる♪」

アラクネは『操糸』と『猛毒付与』を同時に発動して放った。

「「「うわあああぁぁぁ!?」」」

騎士団員の何人かが悲鳴を上げた。

（まずい、防がないと！）

「『守る』！」

詠唱が間に合わないため、レクスはやむなくスキル『日常動作』の一つ『守る』を発動。この洞窟にいる味方全員を透明な障壁が覆った。

ガキィン！　ガキィン！　ガキィン！　ガキィン！

「ぐっ……」

レクスはわずかに呻き声を上げる。先ほどよりも一撃一撃が重い。まさかという思いに駆られ、レクスは、『見る』を発動し、アラクネのステータスを確認する。

○アラクネ
【ＬＶ】２７
【体　力】１２７５４／１２７５４　【魔　力】０／０
【攻撃力】５３４９２　【防御力】４０７４５３
【素早さ】７９７５１　【知　力】６９８４７
【スキル】
『操糸ＬＶ２５』『猛毒噴射ＬＶ１７』『猛毒付与ＬＶ１６』『硬鋼ＬＶ４２』

「防御力が約二倍に……!?　攻撃力は上がってないですが、『硬鋼』のレベルは先ほどよりも高い」

アラクネの防御力だけが異常なほど上昇していた。

「アラクネの体が硬くなったのは、そういうことですか……」

そう、重い一撃の原因は、アラクネの体や、攻撃をする際に使用するスキル『操糸』の糸が硬くなったことだ。決して、威力が上がったわけではない。

また、厄介なことに『操糸』は周辺を巻き込む範囲攻撃。こんな重い攻撃を食らったらフィア達は無事では済まない。

そして、問題はもう一つある。アラクネの魔力だ。

彼女の魔力は現在ゼロ。魔力がないのにアラクネが動ける理由はレクスにはわかっていなかったが、これではレクスの対魔物における切り札『発散』は使えない。『発散』は相手の魔力を排出させて行動不能に陥らせる能力だからだ。

レクスの強力なスキルでも、四十万の防御力を突破することは不可能。となれば、攻撃力を大幅にアップさせる『絶腕』を使用するしかない。しかし……

（これを使うと酷い筋肉痛に襲われるらしいんですよね……それも、動けなくなるほどの。動けなくなるのがスキルを使った直後だとしたら、一撃で倒さないとまずいです）

「『操糸』」

「『守る』！」

ガキィン！　ガキィン！　ガキィン！　ガキィン！

「ぐぅ……!!　やっぱり重い……!!」

レクスはアラクネの『操糸』を『守る』で防ぐ。

しかし、これだけの攻撃を二回も受ければ、それなりに体に負担がかかる。この調子では、後二、三回が限度だろう。

「ふふふ、坊や、そろそろ耐えられなくなってるんじゃない……？」

アラクネは、嗤いながらそう言った。

「何をこんなもの……まだまだ余裕ですよ……!!」

レクスはアラクネに強がってみせる。

とはいえ、同じ技を何度も食らうわけにはいかない。

「これはもう使うしかありませんね……！　エレナ、ミーシャ！　僕の介抱、頼みますよ！」

「うん……」

「ま、任せて！」

二人はなんのことだかわかっていないようだが、頷いて答えた。

『脚力強化（上）』！」

レクスは『脚力強化（上）』を発動し、一気に加速。アラクネのもとまで突っ走る。

「なっ……⁉」

アラクネはレクスの速さについていけない。

「『絶腕』‼」

レクスはイチかバチか、アラクネの腹に『絶腕』を叩き込んだのだった。

＊＊＊

「んぅ……？　ここは……僕の部屋？」

レクスが目を覚ますと、そこには見慣れた赤い天井があった。

（う～ん、確かアラクネをどうにか倒して……それで……）

その後のことがよく思い出せない。気付いたらベッドの上にいたのだ。アラクネを倒したことまでは覚えているが、どうやって倒したかはよくわからない。

レクスはとりあえずベッドから下りるため、体を起こそうとする。

「いだっ……!?」

その瞬間、レクスの全身に激痛が走った。今まで経験したものとは比べ物にならないほどの痛み。

レクスは起き上がることもできず、ベッドに再び倒れこんだ。

「そうだ、『回復』なら……！」

レクスは『回復』を使えば、筋肉痛を治すことができるかもしれないと思った。

「『回復』」

いつも通り、レクスの身体が緑色の淡い光に包まれる……ことはなく、代わりに画面がレクスの前に表示された。

◇スキル『絶腕』の代償のため『回復』は不可能です。

「マジですか……」

レクスは、画面に表示された文章を見てため息をついた。

「ああ、そういえばあの時『絶腕』を使ったから、こんなに痛いんですね。まあ、そりゃあそうですよね。そうポンポンと『絶腕』を使えたら、苦労はしませんし」

レクスが落ち込んでいると――

「レクス、目を覚ましたのね⁉」

ドアを開けて入ってきたミーシャが、レクスを見て声を上げる。

その後ろには、エレナもいた。黙ったままだがレクスを心配しているようだった。エレナの隣にはレインもいる。

「全く……いつもいつも心配ばっかりかけるんだから……」

ミーシャは頬を膨らませ、ジト目でレクスを見て言った。相当心配していたらしい。

「す、すみません、ミーシャ……」

レクスは申し訳なさそうに詫びた。

「そ、そうよ……魔力が吸えなくなったら困るんだから」

ミーシャは頬を少し赤く染めて、ボソッとそんなことを呟いたが、レクスには聞こえていない。

「レクス……また無茶した……あれだけ無茶しちゃダメって言ったのに……」

エレナはそう口にして、ジッとレクスを見つめる。

「ごめんなさい……」

レクスは再度申し訳なさそうに謝った。

《ご主人が無事で良かったよー》

普段通り明るく話すレイン。普段通りとはいえ心配していたようで、なんとなくホッとしているように見えた。

「あの、ところでミーシャ。アラクネはどうなったんですか？」

レクスはアラクネを倒したという手応えはあったが、その瞬間を覚えていないのでミーシャに尋ねた。

「どうなったも何も、レクスが殴った直後に砕け散ったわ」

「そうですか……とりあえず、良かったです」

レクスはホッと安堵した。

「ああ、そうそう。そういえば、これレクスに渡してくれって」

ミーシャはそう言うと、自身の魔法袋から紫色の魔石と丸い透明な水晶のような物を取り出した。

「これは……誰からでしょうか？」

レクスはそれらを受け取りながら、ミーシャに聞いた。

「男の人からもらったんだけど……えーっと、名前を聞きそびれちゃったわ」

「そうですか……」

レクスは、紫色の魔石と白い丸い水晶のような物を見ながら呟いた。おそらくアラクネから採れた物だろう。

魔石とは魔物の体に魔力を行き渡らせる働きをするのだ。

ミーシャがハッと思い出して言う。

「そういえば……ちょっとエレナ、あたし、フィアを呼んでくるわ。レクスが目を覚ましたらすぐに呼んでね！　って言ってたし」

「うん……」

エレナはこくんと頷いた。

ミーシャはドアを開けて、フィアを呼びに行った。

「慌ただしいですね……とりあえず僕は、このアイテムがなんなのか見てみますね。『見る』」

レクスが紫色の魔石と透明な水晶のような物の正体を確かめるため『見る』を発動すると、画面が現れた。


【魔力貯蔵石】

魔力を一定量まで貯めることができる魔石。

龍人《ドラゴニュート》の住む国〝レオルグ〟周辺の鉱山でよく採れる。

ゴーレムを作る際に使用される。


【魔力透過石】

魔力伝導率の高い魔石を加工した物で、魔力をよく通し、かつ綺麗にしてくれる。ゴーレムを作る際に使用される。


「ふむふむ……」

レクスは画面に表示された説明を読み、納得したように頷く。顔を動かすだけでも首の筋肉が痛むので、ほどほどにだが。

その後説明を全て読み終えると、レクスはふうと一息ついた。

「ゴーレムを作る際によく使われる魔石ですか。ということは、あのアラクネはゴーレムだった、と。そういうことですか……」

レクスは、最後に書かれた内容を見ながら呟き、さらに続ける。

「しかも、龍人《ドラゴニュート》の国レオルグ？　ですか……エレナ、龍人《ドラゴニュート》って知ってますか？」

「うん……二足歩行のトカゲ……」

エレナは龍人《ドラゴニュート》をあまり好ましく思っていないようで、眉根を寄せながらそう言った。

（二足歩行のトカゲ……？　う～ん、よくわかりませんね。まあ、なんとなく想像はできましたが……）

「あいつらは無駄に我が強い……自分が欲しい物のためなら、手段を選ばない……」

エレナは、龍人《ドラゴニュート》と実際に会ったことがあるのか、苦々しい口調で呟いた。

「そうですか……ひとまず後でフィアさんに報告しておきましょう。何かあってからでは遅いですからね。龍人《ドラゴニュート》がアラクネのゴーレムを作ったと決まったわけではありませんが、可能性がある以上、伝えておくべきですし。後はこの二つの魔石をどうしましょうか……」

レクスは、ベッドの横の小さなテーブルに置いた二つの魔石を目で見ながら呟いた。

(売って金にしたいですが、せっかくの貴重な素材ですし、何かに活用したいところです)

レクスはしばらく考えていたが、やがて何か閃《ひらめ》いたらしく、〝そうだ……!〟と呟いた。

(ゴーレムを作りましょう! ちょうど、僕のスキル『作る』がありますし、想像力さえしっかりしていれば、作るのはそう難しくないはずです。これで仲間が増えますし、冒険も一層楽になりますね……!)

レクスはムフフフ……と頬を緩め、笑い声を漏らした。

エレナはそんなレクスを見て首を傾げ、不思議そうに尋ねる。

「どうしたの……?」

「いえ……なんでもありませんよ」

レクスは、作るまで秘密にしておこうと思った。ゴーレムを見た時のエレナ達の反応が楽しみだと考えたのだ。

なお、今は全身筋肉痛で動けないため、本格的な製作は明後日になるだろう。

「エレナ、その二つの魔石、ベッドの横にある僕の魔法袋に入れておいてください」

「うん……わかった……」

エレナはレクスに言われた通り、二つの魔石を魔法袋に入れた。

（早く作ってみたいです……！）

レクスは早くゴーレムを作りたくてウズウズしていた。

その後、レクスはアラクネのステータスを取るため、改めて画面を表示させた。

◇『取る』項目を二つ選んでください。
【体　力】１２７５４／１２７５４　【魔　力】０／０
【攻撃力】５３４９２　【防御力】４０７４５３
【素早さ】７９７５１　【知　力】６９８４７
【スキル】
『操糸ＬＶ２５』『猛毒噴射ＬＶ１７』『猛毒付与ＬＶ１６』『硬鋼ＬＶ４２』

「う～ん……」

レクスはアラクネのスキルを見て呟く。

「まずは、防御力ですかね。もう一つはどうしましょうか。ステータスは捨てがたいですが……やっぱりスキルですね。とりあえず『硬鋼』はいらないですね。『守る』がありますし、アラクネから防御力を取りましたし。候補としては『操糸』『猛毒噴出』『猛毒付与』のどれか……『猛毒噴出』はあまり使いどころがなさそうですし、とりあえず除外と……」

レクスは『操糸』を取るか、それとも『猛毒付与』を取るか迷った。

『操糸』は上手く使えば攻撃、防御に応用でき、『猛毒付与』はあらゆる魔法に毒効果を付け足せる。

レクスはしばらく悩んで決めた。

「『操糸』にしましょう」

『猛毒付与』も捨てがたかったが、『操糸』の方が使い道が多そうだ。『猛毒付与』はもし毒が効かない魔物が出てくれば、その敵には無意味だ。決め手はそこだった。

レクスはいつも通り、スキルをタッチして獲得しようとするが――

「いだっっ……!?」

再び激痛に襲われ、ベッドで悶えた。

エレナが心配そうに尋ねた。

「レクス、大丈夫……？」

「え、ええ……なんとか……」

しばらくして痛みが収まってから、レクスはふぅー……と息を吐いた。

エレナが心配そうに言う。

「レクス、無理に動こうとしないで……まだ治ってないのに……」

「……すみません、癖でつい」

レクスはそう答えつつ頭を悩ませる。

(しかし、これは困りましたね。これではステータスとスキルが取得できません。どうしたものか……念じれば取れたりしないでしょうか？　アラクネの防御力と『操糸』を『取る』！)

すると――

○レクス
【L　V】49
【体　力】58653／58653　【魔　力】60047／60047
【攻撃力】65342　【防御力】477526
【素早さ】74553　【知　力】37871
【スキル】
『日常動作』『棒術・真（2／15）』『脚力強化（中）（0／10）』『威圧（中）（0／10）』
『突撃（2／10）』『水魔法（4／5）』『風魔法（5／10）』『飛翔（1／10）』
『共鳴・上（0／15）』『超重斬撃（1／10）』『植物魔法（1／5）』
『吸収・上（4／15）』『消化・上（4／15）』『攻撃力上昇（0／10）』

『絶腕（0／10）』『操糸・真（10／15）』

【アビリティ】

『棒術・真』――『強硬』『器用』『強打』『魔力纏』『連撃』

『水魔法』――『初級魔法』

『風魔法』――『初級魔法』『中級魔法』

『飛翔』――『安定』『速度上昇』

『共鳴・上』――『反射』『効果範囲拡大』『密集』『増幅』

『超重斬撃』――『威力上昇』『重力纏』

『植物魔法』――『成長』

『吸収・上』――『体力吸収（7％）』『魔力吸収（3％）』

『消化・上』――『麻痺打ち消し』『毒打ち消し』『睡眠打ち消し』

『掘削・改』――『溝生成』『穴生成』

『操糸・真』――『硬化』『軟化』『刺化』『細分化』

「おお、取れました！」

レクスは目の前に現れた自分のステータス画面を確認して、防御力が増え、新たに『操糸』が表示されていることに歓喜した。

「それにしても多いですね、『操糸』のアビリティ。やっぱり進化して〝真〟がついた影響でしょうか。これならいろいろ応用できそうです。レベルも少しですが上がってますし、嬉しいです」

レクスがステータスの上昇を喜んでいる時だった。

バアアアァァァァアン！

勢いよくレクスの自室のドアが開いた。そこにいたのは――

「レクス!!」

息を切らしたフィアとフィアを呼びに行ったミーシャだった。

その直前、ステータス画面が切り替わり違う何かが表示されたのが見えたが、レクスはそれを後で確認することにした。

「レクス……！」

フィアはもう一度言い、レクスが横たわっているベッドのそばまで来ると、安心したように息を吐いた。

そのままフィアは床に座り込み〝良かった……！　良かった……！〟と繰り返す。よほど心配してくれたのだろう。フィアの目からは涙がこぼれ落ちていた。

「レクス……！　無事で良かった……！」

フィアはそう言い、レクスに思いきり抱きついた。

「いだだだだっ!?　痛いです、フィアさん……!!」

重い筋肉痛のレクスは、フィアに抱き締められると全身酷い痛みに襲われた。

「ご、ごめん！　レクス、大丈夫⁉」

フィアは慌ててレクスから離れて謝った。レクスが重度の筋肉痛だということをフィアは知らないのだ。

「だ、大丈夫です……」

レクスは一息つくと、フィアに微笑んだ。

「レクスがいきなり突っ込んで、アラクネを殴って……その後、突然苦しみ始めたから……死んじゃったらどうしようかと思った……‼」

フィアは悲痛な声で言った。

「……フィアさん、見てたんですか？」

レクスは驚いてフィアに問う。

あの時、フィアは気絶しているものだと思っていた。

「うん。まあ、そこしか見てなかったけどね」

フィアは苦笑いしながら答え、さらに続ける。

「……ありがとう、助けてくれて。たぶん、レクスが来てなかったら、私は死んでたと思う」

フィアは頭を下げた。

「いえ、間に合って良かったです」

フィアの言葉に、レクスは屈託《くったく》のない笑みを返す。

(フィアさんが死んだら、きっと皆さん、悲しむでしょうからね。助けられて良かったです)

その笑顔を見て思わずまた抱きつきそうになったフィアだが、なんとか堪えて話題を変える。

「戦いの全てを見ていたわけじゃないけど、レクス、あなた、強いじゃない。出会った時は自分のことを無能だとかって言ってたのに」

あの時のレクスは自分のスキル、『日常動作』は役に立たないと思っていた。ステータスも今より断然低く、スキルも少なかった。

レクスは当時を思い出し、苦笑した。

「まあ、あの頃は自分に自信がありませんでしたし……何より、無能扱いされて村を追い出された直後でしたからね」

そして、〝あの頃って言っても、数ヶ月前ですけどね〟と付け加える。

「あ、ごめんね。辛《つら》いことを思い出させちゃって……」

フィアは申し訳なさそうに言った。

「いえいえ。大丈夫ですよ。もうとっくに吹っ切れてますから。それに、僕にはフィアさんやエレナ、ミーシャ、レイン、それにメイドさん達がいますから」

村を追放された直後は死にかけたが、素敵な人や仲間と巡り合うことができた。それだけでレクスは十分だった。

「レクスゥ〜〜！」

「いだだだだっ⁉」

フィアはとうとう我慢できず、レクスに抱きついた。

レクスはあまりの激痛で叫ぶ。その光景をエレナ、ミーシャ、レインが優しい表情で見守っていた。

＊＊＊

時はレクスがアラクネを倒した直後まで遡《さかのぼ》る。

エレナの言う二足歩行するトカゲのような種族——龍人《ドラゴニュート》のフェイクが、舌打ちしながら呟く。

「ちっ……倒されたか……」

フェイクはユビネス大森林帯に潜み、アラクネの様子を窺っていた。しかしアラクネの魔力反応が突如途絶えたことで、彼は何者かによって破壊されたのだろうと悟った。

ちなみにフェイクの職業は『人形使い《ゴーレムマスター》』で、あらゆる物質からゴーレムを生成することができる。

とは言っても、材料の質や量によって限界はあるのだが。

フェイクがここにいる理由は、ユビネス大森林帯を支配するため、ひいては、人族の土地を支配するためだ。

フェイクの住む国レオルグは、単一種族国家。つまり、龍人《ドラゴニュート》以外の種族が存在しない。

領土はそれほど広いわけではないが、人口は多い。欲深い種族である龍人《ドラゴニュート》が領土を拡大し、資源を獲得したいと思うのは必然だった。しかも、人族の国は技術が発展している。彼らはそれらをまるごと奪って支配するつもりなのだ。

「いったん戻って、バルテル様に報告するか……」

フェイクは額を掻いて言った。その表情から報告を面倒に思っていることが窺える。

アラクネを放って魔物をユビネス大森林帯から追い出して人族を攻撃させ、弱ったところを龍人《ドラゴニュート》が攻める。龍人《ドラゴニュート》の計画は上手くいかなかった。

フェイクはため息をつきながら、周囲にある木材や土を魔力でかき集めて、そこに持参した魔石を加え、人形《ゴーレム》を生成した。

出来上がったのは、何やら平たい板のようなもの。しかし、強度は高く、ちょっとやそっとじゃ壊れなそうだ。

フェイクはその上に乗ると、魔力を人形《ゴーレム》に注入。すると――

「主《あるじ》、どこへ向かわれますか？」

人形《ゴーレム》から機械音のようなものが発せられた。

「レオルグの門の前まで頼む」

「了解しました」

人形《ゴーレム》はそう言うと、一気に空まで浮き上がった。

魔力と一緒にフェイクの記憶を注ぎ込んだので、レオルグの位置をしっかりと認識している。

そうしてフェイクは、レオルグへの帰路に就いたのだった。


「バルテル様。ただいま戻りました」

レオルグにある龍人《ドラゴニュート》の城。

その謁見の間にて、フェイクは片膝をつきながら、頭を下げた。

「よい、顔を上げよ。して、どうだった？」

レオルグ国皇帝――バルテルは赤と金の装飾が施された椅子に座り、真剣な面持ちで尋ねた。

「はっ。我が傑作であるゴーレムはつい先ほど破壊され、報告のためにこちらに引き返して参りました」

フェイクはバルテルの目を真っすぐに見ながら報告した。

「ううむ、お主の人形《ゴーレム》を……成果の方はどうだ？」

バルテルはフェイクの報告に難しい顔をしながら、さらに聞いた。

「……もう少し準備が必要かと」

バルテルはフェイクの言葉を聞いて深く頷いた。

「そうか。後はお主の人形《ゴーレム》を破壊した者のことだが……」

「私には彼《か》の者の特徴はわかりません。見つからぬよう、すぐにその場を離れたゆえ」

フェイクは正直に告げた。

「わかった。下がってよいぞ」

「はっ」

フェイクは立ち上がってバルテルに一礼、謁見の間を後にした。

「どうしたものか……」

謁見の間にバルテルの悩ましい呟きが消えていった。

＊＊＊

「レクス……それ、本当？」

フィアが眉間にしわを寄せ、真剣な面持ちで尋ねた。

抱きついてきたフィアをなんとか落ち着かせ、レクスはアラクネの魔石と龍人《ドラゴニュート》についてフィアに報告していた。

「ええ、間違いないです」

「そう……次の会議で報告しなきゃね……」

フィアはボソリと言った。何やら考え込んでいるフィアを見て、レクスは首を傾げて不思議そうな顔をしていた。

フィアの言う会議とは、ディベルティメント騎士団だけでなく、他の騎士団の団長や重鎮が集まる会議——定例報告会議のことである。その月に出没した魔物の数や、発見した盗賊のアジトの場所などを報告し共有する。

「そういえばレクス。明日試合だったよね？　その体で出られるの？」

思い出したように尋ねるフィア。彼女はレクスから二、三日に一度試合があると聞いていたので、レクスの試合の日程を覚えていた。ちょうど明日がそうだ。

レクスはフィアの言葉を聞き、再び不思議そうに首を傾げた。

「明日？　明後日では？」

「レクス、何言ってるの？」

今度はフィアが首を傾げて言った。

「今日は木の曜日よ？」

「へ……？」

フィアの言葉にレクスは口を開けてぽかんとする。

「じゃあ今日は、アラクネと戦った日の翌日……？」

窓の外を見ると、レクスが洞窟に向かった時より明らかに外は明るかった。しかし、それなら学園の授業はどうなったのだ？　レクスが尋ねると……

「私からウルハに言っといたよ。レクスは学園に行けそうにないから、今日は休ませてもらうって。ウルハってば、レクスを休ませるって言った瞬間、物凄く悲しそうだったわ」

ウルハは元々ディベルティメント騎士団のメンバーで、フィアとは旧知の仲だった。

フィアはウルハがレクスの欠席を知って悲しがる光景を思い出し、ふふふと笑った。

「言っといたって、フィアさんが直接学園まで行ってきたんですか？」

だとしたら、申し訳ないことをした。レクスはそう思いながら聞いた。

「違うわよ。これを使ったの」

フィアはそう言うと、ポケットから何やら白い長方形の機械のような物を取り出した。

「それは……？」

「これは、魔力回路接続機ってやつでね。この機械に特定の魔力の波長を記憶させて、その魔力の持ち主と会話することができるんだよ。まあ、高いから貴族の間でしか使われてないけどね」

「へぇ……」

フィアの説明に感心したように頷く。そんな画期的な機械があることに、レクスは驚いた。

「ところでレクス、さっきの話に戻るけど……」

「ああ、学園祭に出られるのか、でしたっけ？」

「うん」

（確かこの酷い筋肉痛は『絶腕』の代償で、しばらく続くはずですから……無理ですね。まだ一日

も経ってませんし）

レクスは自分の状態を分析して告げる。

「すみません、出られそうにないです……」

レクスは申し訳なさそうに言った。

「そっか……」

フィアは残念そうにため息をつきながら、頷いた。

「フィアさんに試合を見せられず、申し訳ないです……」

フィアはそう言うレクスの頭をポンポンと軽く叩いた。

「大丈夫よ、レクス。後でウルハにもう一度言っておくから、しっかり休みなよ？」

「……はい」

フィアはそう言うや否や、じゃ、私はまだ仕事が残ってるからと言って出ていった。

その後、フィアの執務室から〝あ～～！　試合見たかった～～！〟というフィアの叫び声が響いたのだった。

終章　お見舞いとその後

翌日の朝。六学園対抗祭の予選七日目、第二試合にて――

「えーっ、ただ今情報が入りました。本日予定されておりました、ルイン・メシア選手対レクス選手の試合ですが、レクス選手は体調が優れず、棄権《きけん》するそうです」

アナウンスの女子生徒――フメラが慌てたように言った。すると会場が一気にどよめいた。

金髪で背が少し低いおとなしめな印象の少年――ルインはそのアナウンスを聞いて、ホッとどこか安心したような息を吐いた。

ルインはレクスの試合を見て、自分が無様に負ける未来しか描けなかった。そんな恥をさらしたくなかったので、レクスが棄権してくれて安堵したのだ。

ルインは胸を撫でおろした。

＊＊＊

「レクスが体調不良ねぇ……大丈夫かしら？」

フィオナが心配そうな顔で言った。

「昨日もいなかったしな」

「うん……」

フィオナの言葉に同意するように、キャロルとルリも頷く。

「少し心配だね」

リシャルトも硬い表情で呟いた。

四人は現在、魔法の部の試合会場の観客席にいた。これから始まろうというレクスの試合を見に来たのだ。レクスは結局姿を現さず棄権になってしまったが。

昨日も今朝もいつもの通学路でレクスを見かけなかったので、フィオナは、もしかしたら先に試合会場に行ってるかもしれないと思っていた。

だから、自分の試合を終えて――もちろん勝った――急いで魔法の部の会場へやって来たのだ。

そうしてキャロル、ルリ、リシャルトと先ほど合流した。

「フィオナ。今日はレクスの様子を見に行こうぜ」

キャロルは、ポンポンとフィオナの肩を叩きながら提案した。フィオナが落ち込んでいるように見えたからだ。

ちなみに、四人ともレクスの屋敷の場所は本人から聞いているのでわかっている。どこかの貴族に居候させてもらっていると聞かされていた。だが、その屋敷が誰の屋敷かは知らなかった。

「……そうね。まあ、約束を果たせないのは残念だけれど……」

「約束？」

フィオナの呟きが聞こえ、キャロルが尋ねる。

「ああ……レクスとは、一緒に学園対抗祭の本選に出るって約束してたの」

フィオナがそう言うと、途端にキャロルがからかい始める。

「え、何なに？　フィオナ、そんな約束してたの～？　私の知らないとこでぇ～」

「ちょっ!?　そんなんじゃないわよ!?　あ、あれはその……たまたまというか……と、とにかく違うから！」

フィオナは顔を真っ赤にして、キャロルの肩をポカポカと叩いた。キャロル、ルリ、リシャルトはそんなフィオナを優しい目で見守るのだった。

＊＊＊

「ごめんくださーい」

フィオナが巨大な扉の向こうに呼びかけた。フィオナ達は現在、レクスがいるという屋敷に来ていた。

しばらくすると、ギィとドアが開く。

「「「「「ようこそお越しくださいました。フィオナ様、キャロル様、ルリ様、リシャルト様」」」」」

六人のメイドが四人を出迎えた。

「な、なんで私達の名前を!?　ここに来たのは初めてのはずだけれど……」

「レクス君のご学友を調べ……知っておくのは当然のことです。まあ、そうでなくとも我が国の王女であられる方ですから知らないはずございませんわ」

シュレムはコホンと咳払いしてフィオナに答えた。

(今、調べるって言おうとした?　ここのメイドさん達、いつもこうなのかしら……)

フィオナがそんなことを考えていると、メイド達の間から女性が現れた。

「よく来てくれたわね。レクスからよく話を聞いてるわよ。フィオナ様、キャロルちゃん、ルリちゃん、そしてリシャルト君かしら?」

「「「フィ、フィア様!?」」」

「おお、これは……」

フィオナ、キャロル、ルリは驚愕の表情を浮かべ、リシャルトも驚いた様子で声を漏らした。

フィアは私服姿だ。

「ディベルティメント騎士団長のフィア様がなぜここに……」

フィオナは呟いた。

まさか、レクスの住んでいる屋敷が彼の有名なディベルティメント騎士団長の屋敷だとは思わなかったのだ。驚くのも無理はない。

「騎士団長といえど、王族にはなかなかお目にかかれないから、フィオナ様と会うのは初めてかしら。でも、他の三人はよく私のことを知ってたわね」

「セレニア王国でフィアお嬢様の名前を知らない者はおりませんわ」

シュレムが口を挟んだ。

「へぇ、ちょっと照れるなぁ……」

フィアは照れた様子で頬を掻いた。

「ああ、そうだ、レクスのお見舞いに来たんでしょ？　案内するから、ついてきて」

フィアは四人を手まねきしながら言った。

フィオナ、キャロル、ルリ、リシャルトはしばらく呆けていたが、ハッと我に返り慌ててフィアについていった。


コンコンとドアをノックし、フィアが告げる。

「レクスー、お友達が来たわよー」

「え、あ、ちょっと……!?」

すると慌てたようなレクスの声が扉の向こうから聞こえた。

そして次の瞬間――

「うわあぁぁ⁉」

ドンッッッッッ‼

重い音がドアの向こうから響いた。

「レ、レクス⁉」

フィアが慌ててドアを開けると、そこには――

「いづぅ……！」

ベッドから転げ落ち、激痛に悶える涙目のレクスがいた。

リシャルトが〝大丈夫？〟とレクスを案じた。

「レクス⁉」

フィオナがレクスに駆け寄り、心配そうに声をかけた。

「いづづ……フィオナさん、キャロルさん、ルリさん、リシャルトさんも……ええ、なんとか……」

レクスは、痛そうに顔を歪めながら言った。

誰がどう見ても大丈夫ではない。

「フィオナ様、悪いけどレクスの腕を持って。キャロルちゃんは反対側の腕を、ルリちゃんは足ね。リシャルト君は腰の辺りを支えて。これからレクスをベッドに運ぶよ。いい、ゆっくりね？」

四人はレクスに何が起きているのか全くわからなかったが、とりあえずフィアの指示に頷き、その通りに動く。

病気なのではなく、体のどこかが悪いようだと四人は察した。

「行くよ、せーの！」

フィアの合図に合わせて、一斉に持ち上げる。

そのまま、ゆっくりとレクスをベッドまで運んだ。

「す、すみません……お手を煩《わずら》わせてしまって……」

レクスは頬を赤らめながら言った。

「いいわよ、全然。それよりもどうしたの？　見たところ、病気ってわけじゃなさそうだけれど……」

フィオナが不思議そうな顔で尋ねた。三人もうんうんと頷く。

「ええと……実は、全身筋肉痛でして……」

「「「「全身筋肉痛？」」」」

四人はレクスの言葉を聞いた瞬間、首を傾げた。

全身が筋肉痛になるなど、聞いたことがないからだ。だがそうなるということは、よほど無理をしたということ。これは事情を聞く必要がありそうだと考えた四人は頷き合った。

「レクス、一体何があったんだ？」

キャロルが真剣な表情で問う。

レクスは簡単に事情を説明した。

「なるほど……つまり、アラクネの人形《ゴーレム》を倒す際に、スキル『絶腕』を使って、その代償でこんなことになっていると……？」

レクスはキャロルの言葉に、ベッドで寝たまま小さく頷いた。

（『絶腕』……たった今レクスからどういうスキルなのか聞いたばかりだけど、ヤバイな。殴る際に攻撃力が十倍になるっていうのも驚きだけど、その代償。二日間全身筋肉痛、それも結構酷いものらしい。道理であんなに痛がるわけだ。しかも、人形《ゴーレム》って言えば、防御が硬いって言われてる人造の魔物。それを倒すなんて……やっぱりレクスはすげえな）

キャロルは呆れ半分、感心半分といった様子で頷いた。

「……レクス」

フィオナがレクスを呼ぶ。

「……はい」

「その……明日から学校に来られるのね？」

フィオナが心配そうな表情で尋ねた。

「ええ」

その答えを聞いたフィオナは満足そうに頷くと——

「そう。じゃあ、ちゃんと明日から学校に来なさいよね。レ、レクスがいないと、つまらないし……」

照れたようにそう言った。最後の方は、顔を真っ赤にして消え入るような声だった。

「すみません。最後の方、聞こえなかったのでもう一度……」

お願いできませんか、とレクスが言い終える前にフィオナが遮る。

「と、とにかく、明日がきゅっ……こほん、学園に来ること！　良いわね！」

フィオナは慌てたのか、途中で噛み、わざと咳払いして言い直した。レクスは困惑する。

「ところで、レクス……さっきから気になってたんだけど、その子は？」

この騒ぎの間、ずっとレクスが寝ているベッドのそばにいた黒髪ロングの幼女——ミーシャを指差してキャロルが聞いた。

レクスは彼女を紹介してなかったことを思い出す。

「この子は……」

「あたしはミーシャ！　将来、レクスの妾《めかけ》になる女よ！」

レクスが紹介する前に、ミーシャが仁王立ちポーズでそんな爆弾発言をした。その顔には、いたずらっぽい笑みが浮かんでいた。

「ちょっ……ミーシャっ、何を言って……」

レクスがミーシャを止めようとすると——

「ねぇ、レクス。それ、本当？」

フィオナが笑顔でレクスに尋ねた。

しかし、目は全くと言っていいほど笑っていない。

「ミーシャ……そんなに殺されたいの……？　ねぇレクス、ミーシャを妾になんかしないよね……？」

ここまでずっと黙っていたエレナが口を開いた。

こちらも顔は笑っているのに、目は笑っていない。

そんなフィオナとエレナを見て、レクスはもうどうしていいかわからなくなった。

「はいはい、二人とも、いったん落ち着いて」

フィアがパンパンと手を叩きながら割って入った。

その言葉でフィオナとエレナは我に返る。

「……ミーシャ、今日は魔力吸うの禁止ですからね」

レクスがじとっとした目でミーシャを見て言うが、ミーシャは動じない。

「いいわよ、別に。今日くらい我慢できるわ」

「夜中にこっそり吸うつもりなんでしょう？　知ってるんですからね。残念ですが、そうはさせません」

レクスの言葉を聞き、ミーシャは悲嘆の声を上げる。

「そ、そんなぁ!?」

どうやら、毎夜密かにレクスの魔力を吸っていることは、彼にばれていないと思っていたようだ。

「レクスの周りのこういう雰囲気、嫌いじゃないね」

リシャルトは影のある笑みで呟く。しかし、その呟きは誰にも聞こえなかった。

こうして、賑やかなお見舞いの時間は過ぎていった。


フィオナ達が帰宅し、時刻は夕方――

「ふぅ……急に痛みが引きましたね……」

レクスはベッドから下り、安堵の息をついた。

先ほどまでの激痛がまるで嘘のように、すっと一気に引いたのだ。スキルの代償は思った以上に辛かった。できればもう二度と『絶腕』を使いたくはない。

「レクス……もう大丈夫なの……？」

エレナが心配そうな表情で問う。

「はい、もう平気です。ご心配をおかけしてすみません」

レクスは両手を広げ、もう大丈夫だとアピールしてみせた。

エレナはレクスの様子を見てホッと息をついた。ちなみに、ミーシャとレインはフィオナ達と騒いで疲れたのか、今は床で一緒に眠っている。

「そう……良かった……」

エレナはそう言って笑った。その可愛い表情にレクスは思わずドキッとした。

「と、ところでエレナ。今から冒険者ギルドへ行こうと思うのですが……どうですか？」

レクスはそれを悟られぬように、少し強引に話題を切り替えた。

「冒険者ギルド……？　あ、もしかして……フィアに言われたこと……？」

エレナは首をかしげてレクスに尋ねた。

「ええ、そうです」


時を遡り、お見舞いが終わってフィオナ達が帰宅した後のこと。

フィアがレクスに向かって言う。

「ああ、そういえば。レクス、カフス地区の冒険者ギルドマスターの……えーっと……」

「オーグデンさんですか？」

このカフス地区の冒険者ギルドのギルドマスターと言えば、オーグデンしかいない。

「そうそう。オーグデンさん。容態が落ち着いたら、とりあえず冒険者ギルドに来てくれって。渡したい物があるからって」

「そうですか。わかりました」

エレナはその時のことを思い出しつつこくりと頷く。

「うん……いいよ……」

「ありがとうございます。じゃあ、行きましょうか」

レクスはエレナと共に部屋を出た。ミーシャとレインは気持ち良さそうに寝ていたので、そのまま置いていくことにした。


冒険者ギルドに着いたレクスは、受付に告げる。

「あのーすみません、オーグデンさんはいらっしゃいますでしょうか？」

「あ、あなたはもしや、レクス様でいらっしゃいますか……⁉」

（レ、レクス様⁉　僕ってそんなに大層な身分じゃないですけど……なんで様付けなんかするのでしょうか？）

そう思いつつも気にしていたら話が進まないので、レクスは平然と答える。

「ええ、レクスですが」

「す、少しお待ちください！　ただいま呼んで参りますので！」

受付嬢はそう言うや否や、急いで二階へ駆け上がった。

（それにしても、先ほどからじろじろ見られているような気がするのですが……気のせいでしょうか？）

それは、決してレクスの気のせいなどではなかった。実際、ギルドにいる冒険者達はレクスをチラチラと見ながら、こそこそと話している。

「ねえ、あの子がアラクネの人形《ゴーレム》を倒したっていう……!?」

「ああ、間違いねえ。あの身長に短い黒髪、特徴とも一致する」

「嘘……あの子が……!?」

「ふっ、俺はいつかやると思ってたぜ」

反応は多種多様だが、皆レクスを話題にしていた。

レクスは彼らが何を話しているかわからなかったが、こそこそ噂されているのはなんとなくわかるので、居心地悪かった。

そんな状況の中、しばらく待っていると、先ほどの受付嬢と共に、オーグデンが二階から姿を現した。

「よう、来たか坊主。体の方は大丈夫か？」

オーグデンはレクスを心配そうに見ながら言った。

オーグデンはレクスがスキル『絶腕』を発動した後、急に苦しみ出した光景を見ていたのだ。

「はい、あれはスキルの副作用のようなものですから……」

「副作用……？」

オーグデンがなんだそれは？　とでも言いたげな顔で首を傾げた。

レクスはオーグデンに、『絶腕』とその代償である激しい筋肉痛について説明した。

レクスの説明を一通り聞き終えると、オーグデンは申し訳なさそうに謝る。

「そうか、そんなスキルが……わりぃな、俺達が不甲斐ないばかりに、そんなスキルを使わせちまって」

「いえいえ、アラクネを倒せたことですし、大丈夫ですよ」

レクスは苦笑しながら言った。

（まあ、六学園対抗祭の予選に出場できなかったのは残念ですけど、来年もありますしね）

それからレクスは、これ以上この話題を続けると雰囲気が暗くなりそうなので、早速用件を切り出すことにした。

「ところで、オーグデンさん。僕に渡したいものがあるって聞いたんですけど……」

「ああ、ちょっと待ってろ」

オーグデンはそう言うと、再び二階へ上がっていった。

レクスはエレナに問いかける。

「エレナ、この後、簡単な依頼でも受けに行きます？」

レクスは、二日間体を全く動かしていないなと思い、そのような提案をしたのだが、エレナは首を横に振った。

「今日はいい……」

エレナなりにレクスを気遣ったらしい。

レクスなら復帰してすぐに動いても大丈夫かもしれないが、単純に心配なのだ。しかも、今から依頼を受けるのでは、帰る時には日が落ちてしまう。

「そうですか」

レクスは特に気にした様子もなく頷いた。

しばらく待っていると、オーグデンが三つのカードを持って戻ってきた。その内の一つはなんと、金色に輝くカードだ。

レクスは驚いてオーグデンに尋ねる。

「オーグデンさん、それは？」

「ああ、これはギルドカードだ」

（ギルドカードですか……そういえば、この前昇級試験の時、Aランクのギルドカードをもらいましたね。これは誰のカードでしょうか）

レクスがそう考えていると、オーグデンが告げる。

「坊主――いや、レクス。お前を今日からSランク冒険者と認定する。それと、エレナとミーシャ、だったか？　二人をBランク冒険者と認定する」

「へぇ、Sランク冒険者です……って僕がですか!?　オーグデンさんにも、ダミアンさんにも勝てない僕が!?」

レクスは、自分がSランク冒険者認定を受けたことに心底驚いていた。エレナもびっくりした顔で固まっている。

オーグデンはレクスに金色の冒険者カード、エレナとミーシャに銅色の冒険者カードを手渡した。

レクスは確認するように尋ねる。

「オーグデンさん、どうして僕がSランク冒険者なんですか？」

自分より強いオーグデンがSランクなのだ。レクスはランクのことはよくわからないが、Sランクが一番上だということは理解している。自分に最上級のランクがつくなど到底信じられなかった。

すると、オーグデンは苦笑しながら説明する。

「坊主は俺達が苦戦したアラクネを倒したうえに、負傷者まで回復したんだ。これほどのことができて、Sランク認定しない方がおかしい」

「本当にいいんですか……？」

レクスが不安そうに聞くと、オーグデンは頬を掻きながら困ったような表情を浮かべた。

「ああ、坊主。むしろ、受け取ってくれないとこっちが困る」

「オーグデンさんがそう言うのであれば……ありがたくもらっておきます」

「おう、そうしてくれ」

オーグデンはレクスの言葉に頷く。

こうしてレクスは、AランクからSランクへと上がったのだった。

＊＊＊

「それじゃ、行ってきます」

「「「「行ってらっしゃい、レクス君」」」」

六人のメイドがいつも通りピシッと整列して、レクスを送り出す。

「レクスー、早く帰ってきてね。帰ってきたら、速攻魔力を吸わせるのよ」

「レクス……行ってらっしゃい……」

《ご主人、気を付けて》

エレナ、ミーシャ、レインもそれぞれレクスに話しかけた。

「ミーシャは欲望を隠そうともしないですね……まあ、いいですけど」

レクスは苦笑すると、ドアを開けて学園へ向かった。


「あ、おはようございます、フィオナさん、キャロルさん、ルリさん、リシャルトさん」

レクスは通学途中でいつも通りの四人に会い、挨拶した。

「レクス。おはよう」

「よう、おはよう。元気になって良かったぜ」

「おはよう……」

「おはよう、レクス」

フィオナ、キャロル、ルリ、リシャルトも笑顔で挨拶を返す。

「ええ、もうすっかり。お見舞いに来てくれて、ありがとうございました」

レクスは四人に頭を下げた。

(お見舞いに来てくれるなんて思いもしませんでしたからね。本当に嬉しかったです)

「おう、良いってことよ！」

「うん……」

キャロルとルリは、レクスがいつも通りなので安心したようだ。フィオナはというと、ポケーッとした表情でレクスを見ていた。

「フィオナさん？」

レクスはフィオナを少々心配そうに見つめる。するとフィオナはハッと我に返る。

「そ、そうね！　元気になって良かったわ！」

フィオナは慌てたようにそう言った。その顔は少々……いや、だいぶ真っ赤だ。

レクスは首を傾げ、不思議そうにしていた。キャロルとルリはそんな二人を後ろからニマニマしながら見守る。

「そ、それよりも、早く学園に行きましょ！」

フィオナは半《なか》ば強引に話題を切り替えると、ツカツカと早歩きで学園へ向かった。

「ま、待ってくださいよ～」

レクスは、そんなフィオナの後を急いで追う。キャロルとルリ、リシャルトは二人を面白そうに見ながら、後に続いた。

＊＊＊

「さあ、本日の準々決勝、ラウラ・ヴィルーズ選手対シメナ・クーデル選手！　注目のカードだぁ！　ラウラ選手の職業は『剣聖』！　ヴィルーズ家は代々『剣聖』の家系でその力は絶大！　対するシメナ選手も負けていない！　シメナ選手のクーデル家に代々伝わる『幻剣士』。この一戦、果たしてどちらが勝つのか！」

レクス達は現在、フィオナの準々決勝を見るために剣術の部の試合の観客席にいる。彼女の試合は次の予定だ。

「『剣聖』？　それに『幻剣士』って……？　フィオナさん、『剣聖』と『幻剣士』はどういう職業ですか？」

レクスに質問され、フィオナは呆れたようにため息をつきながらも、詳細に説明する。

「『剣聖』っていうのは、剣にまつわる全ての職業の頂点に立つ職業よ。多彩なスキルとその剣技は、右に出る者はいないと言われているわ。『幻剣士』は幻術を駆使した剣技を使う職業のことね。『剣聖』のような最上級職ではなくて、上級職だけれど、その中では相当強いわよ。まあでも、『剣聖』には勝てないと思うわ」

「へぇ……剣を使う職業なんて『剣士』くらいしか知らなかったですが、結構多彩なんですね」

レクスが感心していると、教師が試合開始を告げる。

「では、始め！」

ラウラ対シメナの試合の幕が上がった。先制攻撃を仕掛けたのは『幻剣士』のシメナだ。

「『投影《プロジェクション》』！」

シメナは疾走しながら、スキルを発動。いくつもの剣の幻影が実体となってラウラに襲いかかる。

キンキンキンキンキイイィィィィン!!

しかし、それらはラウラによって受け流され、防がれる。さすがは『剣聖』。剣技の腕前は一流だ。

「くっ……通らないわ……」

シメナは悔しげな声を上げながら、いったん後退する。

「はぁ……」

対するラウラは、軽くため息をつくだけだった。先ほどのスキル『投影《プロジェクション》』は手数は多いものの、その全てが遅すぎる。要するに隙だらけなのだ。

「――しっ！」

ラウラは、シメナに向かって駆ける。驚異的なスピードだ。

「……!?」

キイイイィィィイン!!

「くぅっ……!?」

シメナはなんとかラウラの一撃を止めたが、その剣は重く、大きく体勢を崩し後ろへよろめいた。

その隙をラウラが見逃すはずがない。

「ぐっ……！」

ラウラが背後からシメナの背中を袈裟《けさ》斬りにする。

シメナの防御陣の耐久値が半分以上削られた。後一撃でも食らえば敗北は確定だろう。

ラウラを一度遠ざける必要がある。そう考えたシメナはスキルを発動する。

「『幻影接続《イリュージョンコネクション》』!!」

ラウラの背後の空間が歪み、そこから剣が現れた。しかし――

「なんで!?」

ラウラはまるで予知していたかのように、難なくかわした。

シメナのスキルは、魔力を使ったもの。ということは、魔力を感じ取れさえすれば、簡単に避けられる。ラウラにはその技術があった。

「しっ！」

「ぐあぁぁ!!」

ラウラはシメナの懐に潜り込み、鋭い突きを繰り出す。シメナの防御陣の残りの耐久値を全て削り取り、シメナを吹っ飛ばした。

「ぐはぁっ……!!」

シメナは演習場の壁に激突し、呻き声を上げて倒れた。動く気配がないので、どうやら気絶したようだ。

「な、なんと、今回も一瞬にして勝負がついてしまいましたぁ!! 勝ったのはラウラ選手だぁ!! いやぁ、今回も解説する暇もない鮮やかな試合でしたね」

そんなアナウンスを聞きながら、ラウラは会場を出ていった。

「ふぅ……じゃあ、行ってくるわ。応援、頼むわよ？」

レクス、キャロル、ルリ、リシャルトはフィオナの言葉に頷いた。

「それにしても、改めて『剣聖』って凄いよな。『幻剣士』相手にスキルも使わずに勝つなんて」

「うん……」

キャロルが感心したように言うと、ルリが同意した。

「確かに凄かったね、『剣聖』。全く動きを追えなかったよ」

リシャルトも首を縦に振っている。

キャロルの言う通り、先ほどの試合でラウラは全くスキルを使っていない。つまり、純粋な剣技のみで勝ったということだ。それは、相手との圧倒的な技量差がなければできない。

ラウラ――『剣聖』は、それほどまでに強いのである。

「フィオナ……頑張れよ」

キャロルは微笑みながらそう呟いたのだった。


その後、剣術の部の観客席にて――

「はぁ～……」

フィオナがため息をついた。

「まあ、フィオナ。しょうがないだろ？　お前はよく準々決勝まで進んだと思うぞ」

「うん……」

キャロルの言葉に、ルリも賛同するように頷いた。

意気込んで臨んだ準々決勝だったが、残念ながらフィオナは敗退してしまったのだ。

だが、キャロルの言うようにフィオナは相当善戦した。

そもそも、準々決勝まで勝ち進んだ一年生は剣術の部の中ではフィオナだけなのだ。しかも、準々決勝となれば、相手はかなりの猛者ばかり。

ちなみに、魔法の部のルリは二回戦で負けたし、リシャルトもいいところまでいったものの、やはり負けてしまった。

「あそこで押し切っていれば……！」

フィオナの言うあそことは、剣と剣がぶつかり合っていた場面のことだ。純粋な力はフィオナの方が上だったのだが、剣技では相手に後一歩及ばず、逆転されてしまった。

そこが勝負の分かれ目だったと言えるだろう。

「フィオナさん。今回は残念でしたけど、また来年、頑張ればいいじゃないですか。次はもっと練習して優勝しましょうよ。僕も、次はあんなことにはならないようにしますから……」

レクスは、微笑んでそう言った。

「ほ、本当に……？」

フィオナはレクスの言葉を聞いた瞬間、パァ……！　と輝くように表情を綻ばせる。

「え、ええ」

レクスはそんなフィオナの様子に少し押されながらも頷いた。

「言質《げんち》取ったからね！　約束よ！」

フィオナはレクスに向かって拳を突き出した。

レクスも再度決意したように頷き、右手で拳を作り、フィオナに突き出す。

二人は互いに拳をぶつけ合った。その様子をキャロルとルリとリシャルトは微笑ましそうに見守るのだった。

＊＊＊

それから二日が経ち、六学園対抗祭予選は幕を閉じた。

実に十五日間、半月かけて行われた予選を勝ち抜いた選手が出場する本選は、一ヶ月後に開催される。一週間後の団結式なるもので正式にメンバーが発表され、生徒達が激励を送るらしい。

「やっと終わったな、六学園対抗祭予選」

「そうね」

「うん……」

「そうですね」

「そうだね」

フィオナ、ルリ、レクス、リシャルトは、キャロルの言葉に頷いた。ちなみに五人は今、各々の屋敷に帰る途中だ。

「そういえば、明日って休みだよな？」

「ええ、そうだけれど」

キャロルが尋ねると、フィオナは頷いて答えた。

「じゃあ、みんなでどっか遊びに行かないか？　気分転換にさ」

キャロルは四人に提案した。

「良いですね、行きましょうよ」

真っ先に賛成したのはレクスだ。ルリとリシャルトも賛成のようだ。

残るはフィオナだけだが……

「……ごめんなさい。水を差すようで悪いけれど……」

フィオナは一瞬間を空けた後、続きを話す。

「――来週、期末試験があるのは知ってるわよね？」


それは、六学園対抗祭予選が始まる数日前のことだった――

「ああ、そうそう。言い忘れていたが、六学園対抗祭の一週間後には期末試験があるから、各自きちんと対策をしておくように」

いつも通り朝のホームルームを終えて教室を出ようとしたウルハが、追加でそう口にしたのだった。

それを聞いた生徒達は口々に不満の声を上げた。

「……げっ」

「……!?」

「あっ」

「そういえばそうだったね～、うっかりしてた」

三人は思い出し、それぞれにショックを受けている。リシャルトだけはあまり慌てていなかった。

皆、六学園対抗祭予選に夢中になりすぎて、すっかり忘れていたようだ。

そんな四人を見て、フィオナは呆れてため息をついた。

「やっぱり忘れてたのね」

そして、一息ついて宣言する。

「明日は勉強会をやります。私の家でやるからね。リシャルトは大丈夫そうだけど、赤点取ったら補習になるんだからね？　それが嫌なら絶対に来ること。いいわね？」

有無を言わせぬフィオナの表情に、三人共ただただ頷くのだった。

月が導く異世界道中
Tsukiga Michibiku Isekai Dochu
あずみ圭
Azumi Kei
1~17
8.5
シリーズ累計200万部突破の超人気作!(電子含む)
TVアニメ第2期制作決定!!
異世界へと召喚された平凡な高校生、深澄真。彼は女神に「顔が不細工」と罵られ、問答無用で最果ての荒野に飛ばされてしまう。人の温もりを求めて彷徨う真だが、仲間になった美女達は、元竜と元蜘蛛!? とことん不運、されどチート な真の異世界珍道中が始まった!
薄幸系男子の成り上がりファンタジー、開幕!
なんでだろう親の都合で異世界へ
2期までに
原作シリーズもチェック!
●各定価:1320円(10%税込)
●illustration:マツモトミツアキ
1~17巻好評発売中!!
とことん不運、されどチート!!
漫画:木野コトラ
●各定価:748円(10%税込) ●B6判
コミックス1~9巻好評発売中!!

ハズレ属性土魔法のせいで辺境に追放されたので、
ガンガン領地開拓します！
1・2
Hazure Zokusei Tsuchimaho No Sei De Henkyo Ni Tsuibo Saretanode, Gangan Ryochikaitakushimasu!
Author
潮ノ海月
Ushiono Miduki
ハズレかどうかは使い方次第!?
蔑まれてる土魔法で
未開の村を
快適に開拓!!
第13回
アルファポリス
ファンタジー小説大賞
優秀賞
受賞作!!
グレンリード辺境伯家の三男・エクトは、土魔法のスキルを授かったせいで勘当され、僻地のボーダ村の領主を務めることになる。護衛役の五人組女性冒険者パーティ『進撃の翼』や、道中助けた商人に譲ってもらったメイドとともに、ボーダ村に到着したエクト。さっそく彼が土魔法で自分の家を建てると、誰も真似できない魔法の使い方だと周囲は驚愕!　魔獣を倒し、森を切り拓き、畑を耕し……エクトの土魔法で、ボーダ村はめざましい発展を遂げていく!?
●各定価：1320円（10%税込）　●Illustration：しいたけい太

前世で辛い思いをしたので、
神様が謝罪に来ました
God came to apologize because I had a hard time in the past life
1~3
初昔茶ノ介
Chanosuke Hatsumukashi
全属性カンスト魔法　スキル作り放題　女神さまがくれた猫
てんこ盛りなお詫びチートで
不可能ゼロの天才少女に!?
コミカライズ
10月下旬
刊行予定!!
辛い出来事ばかりの人生を送った挙句、落雷で死んでしまったOL・サキ。ところが「不幸だらけの人生は間違いだった」と神様に謝罪され、幼女として異世界転生することに!　サキはお詫びにもらった全属性の魔法で自由自在にスキルを生み出し、森でまったり引きこもりライフを満喫する。そんなある日、偶然魔物から助けた人間に公爵家だと名乗られ、養子にならないかと誘われてしまい……!?
1~3巻好評発売中!
●各定価：1320円（10%税込）
●Illustration：花染なぎさ
●漫画：五月紅葉
●B6判　定価：748円（10%税込）

とある王国で魔導建築を学び、宮廷建築士として働いていた青年、ワーク。ところがある日、着服の濡れ衣を着せられ、抵抗むなしく追放されてしまう。相棒である妖精ブラウニーのウニとともに海を渡った彼は、未開の島に辿り着き、出会った魔獣たちと仲良くなる。その頃王国では、ワークを追放したことで様々なトラブルが起きていたのだが……ワークはそんなことなど露知らず、持ち前の魔導建築の技術で建物を作ったり、魔導重機で魔獣と戦ったりと、島ぐらしを大満喫する!

◉定価：1320円（10%税込）　ISBN 978-4-434-28909-5　◉illustration：ファルケン

この作品に対する皆様のご意見・ご感想をお待ちしております。
おハガキ・お手紙は以下の宛先にお送りください。

【宛先】
〒150-6008 東京都渋谷区恵比寿4-20-3 恵比寿ｶﾞｰﾃﾞﾝﾌﾟﾚｲｽﾀﾜｰ 8F
（株）アルファポリス　書籍感想係

メールフォームでのご意見・ご感想は右のＱＲコードから、
あるいは以下のワードで検索をかけてください。

アルファポリス　書籍の感想　検索

ご感想はこちらから

本書はWebサイト「アルファポリス」（https://www.alphapolis.co.jp/）に投稿されたものを、改題・改稿、加筆のうえ、書籍化したものです。

スキル『日常動作《にちじょうどうさ》』は最強《さいきょう》です2

～ゴミスキルとバカにされましたが、実《じつ》は超万能《ちょうばんのう》でした～

メイ

2021年 10月31日初版発行

編集－今井太一・宮本剛・芦田尚
編集長－太田鉄平
発行者－梶本雄介
発行所－株式会社アルファポリス
〒150-6008 東京都渋谷区恵比寿4-20-3 恵比寿ｶﾞｰﾃﾞﾝﾌﾟﾚｲｽﾀﾜｰ8F
TEL 03-6277-1601（営業）　03-6277-1602（編集）
URL https://www.alphapolis.co.jp/
発売元－株式会社星雲社（共同出版社・流通責任出版社）
〒112-0005東京都文京区水道1-3-30
TEL 03-3868-3275
装丁・本文イラスト－かれい
装丁デザイン－AFTERGLOW
印刷－中央精版印刷株式会社

価格はカバーに表示されてあります。
落丁乱丁の場合はアルファポリスまでご連絡ください。
送料は小社負担でお取り替えします。

ISBN978-4-434-29118-0 C0093